宋词二十七讲
SONG LYRICS

胡云翼 著

U0125244

新世界出版社
NEW WORLD PRESS

图书在版编目（ＣＩＰ）数据

宋词二十七讲 / 胡云翼著. -- 北京：新世界出版社，2023.12
ISBN 978-7-5104-7764-5

Ⅰ.①宋… Ⅱ.①胡… Ⅲ.①宋词－诗歌欣赏 Ⅳ.
①I207.23

中国国家版本馆CIP数据核字（2023）第203961号

宋词二十七讲

作　　者：胡云翼
责任编辑：董晶晶
责任校对：宣　慧　张杰楠
责任印制：王宝根
出　　版：新世界出版社
网　　址：http://www.nwp.com.cn
社　　址：北京西城区百万庄大街24号（100037）
发 行 部：(010)6899 5968（电话）　(010)6899 0635（电话）
总 编 室：(010)6899 5424（电话）　(010)6832 6679（传真）
版 权 部：+8610 6899 6306（电话）nwpcd@sina.com（电邮）
印　　刷：天津旭丰源印刷有限公司
经　　销：新华书店
开　　本：880mm×1230mm　1/32　尺寸：145mm×210mm
字　　数：203 千字　　　　印张：10
版　　次：2023 年 12 月第 1 版　2023 年 12 月第 1 次印刷
书　　号：ISBN 978-7-5104-7764-5
定　　价：52.00 元

　　宋词在中国文学史上，自有它的特殊地位，自有它的特殊价值。而做文学史的分工工作，对于宋词加以有条理的研究和系统的叙述的专著，据我所知道的，现在似乎还没有。以前虽有词话、丛话一流书籍，偶有一见之得，而零碎掇拾，杂凑无章。我著这本书的动机，就是想将宋词成功组织化、系统化。自然这样一本不过十万言的小册子，我决计不敢希冀对于文学界有很大的贡献。假如爱好文学的朋友们读了我这本书，能够由此而明了（一）词的内包外延；知道（二）宋词发展和变迁的状态；审识（三）宋词作家的作品及其生平；也许因此对于词的欣赏和研究，发生更大的兴趣，那便是作者的一点希冀了，不算奢望吧。

　　记得拙著初稿将要全部草成的时候，惨怛的五卅血案发生了，当着那样举国悲愤呼喊运动之时，个人亦到处奔走，任务颇多。后来又受武汉学生联合会之委托，出席上海全国学生总会，并在沪杭一带，负责宣传。于是拙著的整理和校对的工作就完全停止了。最近同乡左舜生先生来函，嘱整理付印。适在病中，由友人镜湖、白华、振翀代为钞录标点，这是应该谢谢的。而承舜生先生详详细细为我校阅一过，尤其使我深深的心印。

胡云翼序于国立武昌大学

中华民国十四年（1925年）

目 录

上篇　宋词通论

第一讲　研究宋词的绪论　　　　　　　003

第二讲　词的起源　　　　　　　　　　011

第三讲　何谓词　　　　　　　　　　　021

第四讲　宋词的先驱　　　　　　　　　031

第五讲　宋词发达的因缘　　　　　　　047

第六讲　宋词概观　　　　　　　　　　053

第七讲　论宋词的派别及其分类　　　　099

第八讲　宋词之弊　　　　　　　　　　109

下篇　宋词人评传

第九讲　引论　　　　　　　　　　　　117

第十讲　词人柳永　　　　　　　　　　123

第十一讲　晏殊、晏幾道的小词　　　　135

第十二讲　张先的词　　　　　　　　　147

第十三讲　六一居士的词　　　　　　　153

第十四讲　东坡词　　　　　　　　　　163

第十五讲　词人秦观　　　　　　　　　173

第十六讲　苏门的词人　　　　　　　　181

第十七讲　北宋中世纪的五词人　　　　191

第十八讲　词人周清真　　　　　　　　203

第十九讲　李清照评传　　　　　　　　211

第二十讲　词人辛弃疾　　　　　　　　221

第二十一讲　辛派的词人　　　　　　　237

第二十二讲　南渡十二词人　　　　　　247

第二十三讲　词人姜白石　　　　　　　265

第二十四讲　姜派的词人　　　　　　　271

第二十五讲　词人吴文英　　　　　　　281

第二十六讲　晚宋词家　　　　　　　　287

第二十七讲　宋词人补志　　　　　　　295

附录　词的参考书　　　　　　　　　　307

上篇

宋词通论

第一讲

研究宋词的绪论

我们为什么研究宋词呢？如其要解答这个疑问，我们必先问：
"为什么要研究词？"讲到词，在我们看来，词在中国文学的各种
体裁上应该占一个重要的位置。但是从前的文人便不很看得起词。
俞彦说："诗词末技也。"又说："词于不朽之业，最为小乘。"
贺裳说："词诚薄技。"《词品》说："填词于文为末。"纪昀
说："词曲二体在文章技艺之间，厥品颇卑，作者弗贵。"又说：
"文之体格有尊卑，律诗降于古诗，词又降于律诗。"这种睥睨词
的论调，显与我们的见解恰相矛盾。何以这么相矛盾呢？这自然是
古今人的文学观念不同。古人之所以睥睨词，也就是因为古人抱有
两个极谬误的文学观念。

其一，是文以载道的谬误观念。

从前的文人，以为文学的体用以载道为极，则假如一种文学
不是载道的，或者与道没有直接或间接地发生关系的，则这种文学
便失了文学的最高意义，只能算小技，只能算末流。所以古人在坚
信"文以载道"的前提之下，不惜把《诗三百篇》里面那些平民无
所为而作的歌谣，加上一些"美君""美后""刺君""刺时"的

按语；不惜把《楚辞》里面那些屈原自叙、自悼的作品加上一些"思君""寓意"的名目；不惜把一切作品，无论所描写的对象是什么，总要牵强附会到"载道"上去，以完成"文以载道"的观念。只有词，那是很干脆鲜明地描写情绪的，尤其适宜于描写两性间的爱情恋情，无法把它（词）附会到"道"上去，简直与他们的"文以载道"完全不合。因此，他们不认词为真正的文学，故说"词末技也""作者弗贵"；又说它是"风人之末派""文苑之附庸"。这种种俚亵的话，无非是根据文以载道来批评的。这就完全是一种错误。尽管《诗三百篇》里面有好多"美"、好多"刺"的作品，那些"投我以木桃，报之以琼瑶""匪汝之为美，美人之贻"和"有女怀春，吉士诱之"的诗，无论怎样解释，总不能不说是描写恋爱的诗。其中《郑风》《陈风》《卫风》，有许多恋爱诗在里面，朱熹早已说过，可见《诗三百篇》已不合于文以载道了。尽管《楚辞》里面有许多"思君""忧国"之言，但屈子的愤天怨人，是无可讳言的。后人也说他不合于诗人温柔敦厚之旨。而那些"及少康之未家兮，留有虞之二姚"的名句，简直与"道"不发生关系，《高唐赋》之作，简直与道相矛盾，可见《楚辞》已不合于"文以载道"了。由此看来，"文以载道"这句话，根本便不能作为诗词批评的准则。那么，我们有什么理由反对词是文学正宗呢？

其二，是文学复古的谬误观念。

大概从前的文人，都不免抱着文学复古的观念。他们尊重古代文学，而蔑视近代文学。故晋有陆士衡之创拟古，唐有韩愈之创为古文，宋有尹洙、欧阳修之复古，明有前后七子之复古，清代考据学兴，并且蔑视汉以后的一切文体。词体更为晚出，自不为主张文学复古者所珍重而遭轻视了。然而，这种重古轻今、人主出奴的文学态度，究竟是不对的。王阮亭批评得好："废宋词而宗唐诗，废唐诗而宗汉魏，废唐宋大家之文而宗秦汉，然则古今文章一画足矣，不必《三坟》《九丘》至《六经》《三史》，不几赘疣乎？①"假如我们抛弃这种主张文学复古的观念，则词虽"乐府之余音"，也无法否认它的文体之成立了；除非这种文体真是没有价值。而且最奇怪的，是那些文人一方面尽管鄙薄词，但一方面自己又很作词、填词，可见古人虽明里鄙薄词，暗中却向词体投降了！

《词选序》说："词者，其缘情造端，兴于微言，以相感动，极命风谣里巷男女哀乐，以道幽约怨悱不能自言之情，低徊要眇，以喻其致。盖《诗》之比兴、变风之义，骚人之歌，则近之矣。"

① 参见（清）冯金伯编纂《词苑萃编》："废宋词而宗唐……不几赘瘤乎。"本书中所引诗词，按胡云翼著《宋词选》（1926年上海古籍出版社版）进行核改，胡云翼著《宋词选》中未收录的，查找了1926年前成书的权威古籍，包括（宋）吴曾《能改斋漫录》、（宋）辛弃疾《稼轩词》、（宋）晏殊《元献遗文》、（明）陈耀文《花草粹编》、康熙皇帝御定《御选历代诗余》《御定全唐诗》、（清）上彊村民编《宋词三百首》、（清）徐釚《词苑丛谈》、（清）朱彝尊《词综》……对与本书文字不同之处加了脚注。本书脚注皆为编者注。

往下张惠言对于词的价值更有发挥："……恻隐盱愉，感物而发；触类条鬯，各有所归，非苟为雕琢曼辞而已。"周济描写词的力："赋情独深，逐境必寤；酝酿日久，冥发妄中；虽铺叙平淡，摹缋浅近，而万感横集，五中无主。读其篇者，临渊窥鱼，意为鲂鲤，中宵惊电，罔识东西，赤子随母笑啼，乡人缘剧喜怒，可谓能出矣。"这便证明词体事实上已占住文学的重要地位了。

现在我们的文学观念，既然与古人迥然不同，已经抛弃了那种文以载道和文学复古的谬误的文学见解，那么，我们自然否认"词是末技"这些话，并且认为词在中国文学史上的各种体裁里面，应占一个重要的位置，而重视词的研究了。

现在进一步说明为什么研究宋词。有宋一代的文学中，词为最盛。《词话》上说："词之系宋，犹诗之系唐。"此语诚为不诬。而"有井水处，皆能歌柳（永）词"，则宋词之发达，更可推想概见。《宋六十一名家词序》说："夫词，至宋人而词始霸，曼衍繁昌；至宋而词之各体始大备。其人韶令秀世，其词复鲜艳殢人，有新脱而无因陈，有圆倩而无沾滞，有纤丽而无冗长，有峭拔而无钩棘，一时以之赓和名家，而鼓吹中原，肩摩于世云。"毛稚黄说："宋人词才若天纵之，诗才若天绌之。"这更说得神乎其神了。现在且将宋词何以发达，及宋词发达之概况，暂按着不谈，单就"文学价值"方面来观察宋词，那么，宋词在文学史上有两种特征，值得我们称道。

（一）时代的文学

凡文学有外形和内质二面，内质是不随着时代变迁的，而外形就是随时代而异，变动不居的。无论哪一种文体，假如应用的时间太长久了，用也用旧了，变也变尽了，若是还尽管保留着这种文体的硬壳不变，那么，总是千篇一律的文艺，绝不会创造新的文艺出来。必也另辟一种新文体，让作者自由去开发创造，才能够有新的文艺产生。所谓时代文学，就是变迁的文学。只要在当代是一种新文体，由这种新文体创造出来的文学，便是时代文学。反之，只会死板地去用那已经用旧变尽了的文体的文学，便不是时代文艺。词虽然发生很早，晚唐即已发生，并且从词的发生起，一直算到清季，清季犹有词风，总计词在中国历史上已几乎有千年的词史。但是一千年的词史，不都是可述的。词的发达、极盛、变迁种种状态，完全形成于有宋一代。宋以前只能算是词的导引，宋以后只能算是词的余响。只有宋代，是词的时代。因此，我们为什么说宋词是时代的文学呢？这可以简单回答说：词在宋代是一种新兴的文体，这种文体虽发生在宋以前，但到宋代才大发达，任宋人去活动应用，任这些词家把词体去开发充实，自由去找词料，自由去描写——总之，自由去创作词。这种词是富有创造性的，可以表现出一个时代的文艺特色。所以我们说宋词是时代的文学。宋以后因词体已经给宋人用旧了，由宋词而变为元曲，所以元词、明词便不是时代的文学了。

（二）音乐的文学

中国文学的发达、变迁，并不是文学自身形成一个独立的关系，而与音乐有密接的关联。换言之，中国文学的变迁，是随着音乐的变迁而变迁。《史记》："《诗》三百篇，孔子皆弦歌之。"是"三百篇"皆歌辞也。乐亡而《诗》亦亡。汉代古诗歌谣皆被之乐府（汉武帝创设乐府，命李延年为协律都尉）。至唐，乐府亡，而歌诗乃兴（唐绝句律诗皆歌辞）；晚唐又因音乐的变迁，而有长短句的歌法。至宋则倚声制词之风大盛了。金元以后南北曲盛行，而词律又亡。凡此处处，可以看出中国文学变迁与音乐的关系，可以看出文学在音乐里面的活动，并且可以知道中国文学的活动，以音乐为依归的那种文体的活动，只能活动于所依附产生的那种音乐的时代，在那一个时代内兴盛发达，达于最活动的境界。若是音乐亡了，那么随着那种音乐而活动的文学，也自然停止活动了。凡是与音乐结合关系而产生的文学，便是音乐的文学，便是有价值的文学。试看古歌谣、"三百篇"、汉乐府、唐近体诗……哪一种好文艺不是与音乐结合关系而产生呢？歌词之法，传自晚唐，而盛于宋。作者每自度曲，亦解其声，制词与乐协应。又有自度腔者，每自制新腔，并作新词，任随词家的意旨，驱使文学在音乐里面活动。这种音乐文学的价值很大。只是后来歌词之法随有宋之亡而亡，元曲代兴，此后作者填词，只能一步一趋模拟宋词的格调，已失却音乐文学的意义，变成死文学了。

在上面略略提示了宋词的两种特色——时代文学与音乐文学，实在，宋词的发达，作家的伟大，作者云兴，美制佳篇，尤难收取，在在表现宋词的特性。总之，我们为研究词，便不得不研究宋词。

现在我们分宋词的研究为两篇：一篇是动的研究，叙述宋词的起源、兴盛、发展、变迁、衰落、原因和结果，作为宋词通论；一篇是静的研究，叙述宋词重要作家的生平传略，及其作品的介绍与批评，作宋词人评传。

第二讲

词的起源

中国从前只有词的创作，而没有词的研究。间有词话一类书籍，亦系信口雌黄，不负责任，支离破碎，毫无足取。故虽如"词的起源"这一类的要题，也竟没有人曾给我们一个圆满的解答。所以在此地必须重新提出讨论。我们先看看从前的人对于词的起源是怎样的说法，约有四说。

（一）长短句起源说

这一派的主张，就是以为词是长短句，词的起源也起源于长短句。《词综序》说："自有诗而长短句即寓焉，《南风》之操、《五子》之歌，是已。周之《颂》三十一篇，长短句居十八；汉《郊祀歌》十九篇，长短句居其五。至《短箫铙歌》十八篇，篇皆长短句，谓非词之源乎？"杨用修说："填词必溯六朝者，亦探河穷源之意。长短句如梁武帝《江南弄》（词略）、梁僧法云《三洲歌》（略）、梁臣徐勉《迎客曲》《送客曲》（略）、隋炀帝《夜饮朝眠曲》（略）、王睿《迎神歌》《送神歌》（略），此六朝风华靡丽之语，后世词家之所本也。"

（二）诗余起源说

这一派的主张，以为"词者诗之余"。沈雄《柳塘词话》说："衍词有三：贺方回衍'秋尽江南叶未凋'，陈子高衍'李夫人病已经秋'，全用旧诗，而为添声也。《花非花》张子野衍之为《御街行》，《水鼓子》，范希文衍之为《渔家傲》，此以短句而衍为长言也。至温飞卿诗云：'合欢桃核真堪恨，里许原来别有人。'山谷衍为词云：'似合欢桃核，真堪人恨！心里有两个人人。'古诗云：'夜阑更秉烛，相对如梦寐。'叔原衍为词云：'今宵剩把银缸①照，犹恐相逢是梦中！'以此见词为诗之余也。"宋翔凤说："谓之诗余者，以词起于唐人绝句，如太白之《清平调》，即以被之乐府。太白《忆秦娥》《菩萨蛮》皆词之变格，为小令之权舆。旗亭画壁赌唱，皆七言绝句。后至十国时，遂竞为长短句。自一字两字至七字，以抑扬高下其声，而乐府之体一变。则词实诗之余，遂名曰诗余。"（《乐府余论》）

（三）乐府起源说

主此说者，谓词起源于汉魏乐府。因乐府主声，已近小词。歌曲句有长短，声多柔曼。徐釚《词苑丛谈》说："填词原本乐府，

---

① 参见（宋）晏殊编撰《元献遗文》："银釭"。

《菩萨蛮》以前，追而溯之：梁武帝《江南弄》、沈约《六忆诗》皆词之祖，前人言之详矣。"徐师曾《诗体明辨》谓："诗余者，古乐府之流别。……"徐巨源说："乐府变为吴趋越艳，杂以《捉搦》《企喻》《子夜》《读曲》之属；以下逮于词焉。"王国维说："诗余之兴，齐梁小乐府先之。"（《戏曲考源》）

（四）音乐起源说

主此说者，谓词起源于音乐的变迁。俞彦说："六朝至唐，乐府不胜诘曲，而近体出。五代至宋，诗又不胜方板，而诗余出。唐之诗，宋之词，甫脱颖而传遍歌者之口。"纪昀说："古乐府在声不在词，唐人不得其声……其时采诗入乐者，仅五七言绝句，或律诗割取其四句，依声制词者①。初体《竹枝》《柳枝》之类，犹为绝句。继而《望江南》《菩萨蛮》等曲作焉。至宋而传其歌词之法，不传其歌诗之法。"俞彦又说："诗亡然后词作；非诗亡，所以歌咏词者亡也②。"

以上四种说法，究竟哪一种对呢？据我看来，没有一说完全对。诗余之说，早有驳论。如汪森序《词综》云："古诗之于乐府，近体之于词，分镳并驰，非有先后。谓诗降为词，以词为诗之

① 参见（清）永瑢主编《四库全书总目提要》："倚声制词者"。另见本书第19页"倚声以制词"。
② 参见（明）俞彦著《爰园词话》："非诗亡，所以歌咏诗者亡也。"

余，殆非通论矣。"谓词之起源为长短句，亦不可通。词固然是长短句，但长短句不必是词。若必如此说，则如俞彦所云"溯其源流，咸自鸿蒙上古而来，如亿兆黔首，固皆神圣裔矣"，这岂不是笑话？乐府起源之说，比较可通。然有唐一代，诗歌大盛，词则无闻，则词起源于乐府之说，亦非通论。只有音乐起源一说，最为合理。可是古人主此说者，只有简单置论，没有充分的说明，未能使我们满意。现且让我们来试探词的起源吧！

顾亭林有言："'三百篇'之不能不降而《楚辞》，《楚辞》之不能不降而汉魏，汉魏之不能不降而六朝，六朝之不能不降而唐也，势也。诗文之所以代变，有不得不变者……"为什么不得不变呢？我在前面已经说过，一种文体，经过了长期的运用，已经用旧了，变尽了，若再不改用新文体，决不能创造好文艺出来。这便是不得不变的原因。"诗至晚唐五季"，诚如陆放翁所言，"气格卑陋，千人一律"，非变不可了。因为诗体自四言五言以至七言，由古诗而近体，已经变尽了；自然会变到长短句的词的路上来。这是词发生的理论，再来探讨词的起源的历史的事实。可是在这里应该首先肯定两个前提。两个什么前提呢？

第一，词的起源，完全是音乐变迁的关系。因词以协乐为主，有声律然后有制词填词。

第二，词的发生，只能在有唐一代。唐以前太早，与宋词发达无线索的联络；唐以后太迟，不能解释宋词发达的渊源。

　　肯定了这两个前提，于是我们可以开始来探讨了。有的人说，词起源于李太白的《菩萨蛮》《忆秦娥》等词。因为李白盛唐人，在那时有发生词的可能；并且《菩萨蛮》《忆秦娥》恰合是有调倚声之词。这么一来，大家都相信李白是词祖，谓词起源于李白了。词的起源问题，便如此轻轻解决了吗？决不。我们有许多证据，使我们根本不相信《菩萨蛮》几首词是李白的创作。

　　第一，《李太白集》里面未载《菩萨蛮》等词，此为铁证。按《李翰林集》，《新唐书·艺文志》有著录全集刊行，并非佚本。唐刊本虽至今不存，而陈直斋《书录解题》、晁氏《读书志》并题《李翰林集》，是此集还流传至宋。后蜀赵崇祚编《花间集》，遍录晚唐诸家词，而不及李白，是必李集未刊词无疑。直至南宋黄昇编《花庵词选》始载白词。这显然不可靠。且黄书只求广搜，多有疏误。如《山花子》首，实李璟作（《南唐书》载冯延巳之对话可证），乃题李后主，于此更可见《花庵词选》之不忠实了。

　　第二，李白为盛唐诗人，文誉甚著。倘制新调，创新体词，当时必有唱和。何以不但当时诸诗人无唱和之作，李白之后，亦绝无继响。直到晚唐，填词始风行？中间孤绝百年，这是无法解释的。

　　第三，《杜阳杂编》云："大中初，女蛮国贡双龙犀、明霞锦。其国人危髻金冠，璎珞被体，故谓之菩萨蛮。当时倡优遂歌《菩萨蛮》曲，文士亦往往效其词。"《南部新书》亦载此事。则太白之世，唐尚未有斯题，何得预填其篇邪？

第四，"……予谓太白当时直以风雅自任，即近体盛行七言律鄙不肯为，宁屑事此？且二词虽工丽，而气衰飒，于太白超然之致，不啻穹壤。藉令真出青莲，必不作如是语。详其意调，绝类温方城辈，盖晚唐人词嫁名太白耳。"（胡元瑞语）

根据上面四种说法，《菩萨蛮》《忆秦娥》词，是否真出于太白呢？这就很有疑问了。虽然有人说此二词意调高古，绝非温方城辈所能，但我们不必说这就是温方城作的，大约这总是晚唐五代的词人，以为李白是大诗家，为抬高所作词的身价，嫁名太白。黄昇不察，编入《花庵词选》署名白作，后人遂以为这是词之祖。或者是黄昇想和《花间集》争胜，明知其伪也，故意不辨，滥取以矜搜集之宏远，也未可料呢！总之《菩萨蛮》《忆秦娥》诸词，绝不会是李白之作，这是可以断言的。

据我们的见地，词的起源的历程是全由音乐的变迁产生出来。先引几段话。

（1）《唐书·艺文志》说："江左宋梁之间，南朝文物，号称最盛；人谣国俗，亦世有新声。后魏孝文宣武，用师淮汉，收其所获南音，谓之清商乐。隋平陈，因置清商署，总谓之清乐。遭梁陈亡乱，所存盖鲜。隋室以来，日益沦缺。武太后之时，犹有六十三曲，今其辞存者（略），惟四十四曲焉。"

（2）王灼《碧鸡漫志》："隋氏取汉以来乐器歌章、古调并入清乐，余波至李唐始绝。唐中叶虽有古乐府，而播在声律则鲜矣。"

（3）《碧鸡漫志》："唐时古意亦未全消，《竹枝》《浪淘沙》《抛球乐》《杨柳枝》乃诗中绝句，而定为歌曲。故李太白《清平调》词三章皆绝句。元白诸诗，亦知音者协律作歌。白乐天守杭，元微之赠云：'休遣玲珑唱我诗，我词多是别君辞。'……白乐天亦戏诸妓云：'席上争飞使君酒，歌中多唱舍下诗。①'旧说开元中诗人王昌龄、高适、王之涣诣旗亭饮。梨园伶官，亦召妓聚谯。三人私约曰：'我辈擅诗名，未定甲乙，试观诸伶讴诗分优劣。'一伶唱昌龄二绝句：'寒雨连江夜入吴…'一伶唱适绝句云：'开箧泪沾臆……'妓唱：'黄河远上白云间……'（之涣诗）……以此知李唐伶伎取当时名士诗句入歌曲盖常俗也。"

（4）《碧鸡漫志》："凉州曲《唐史》及传载称，天宝乐曲皆以边地为名。若凉州、甘州之类曲遍声丝名入破。又诏道调法曲与胡部乐合作。"

（5）《朱子语类·论诗篇》曰："古乐府只是诗，中间却添许多泛声。后来怕失了泛声，逐一添个实字，遂成长短句，今曲子便是。"《全唐诗附录》说："唐人乐府原用律绝等诗杂和声歌之，其并和声作实字，长短其句，以就曲拍者，为填词。"

从上边那几条例子，很可以看出词起源的线索来。原来古乐

---

① 核查《碧鸡漫志》，实应为"歌中多唱舍人诗"。

府至唐代已亡掉干净，只剩下清商乐的一部分还保存着。故唐时古乐府已经失了音乐的效能。即唐人所拟古乐府，但借题抒意；所作新乐府，但为五七言古诗；完全是文学方面的事了。这时与音乐发生关系的文学是什么呢？那是五七言绝句。当时绝句多协乐可歌。一方面正在这时候外国乐渐渐输入中国来了。唐时十部乐，除了一部分的《清商曲》系本部乐外，完全是外国乐。这种外国乐最初与中国乐结合关系时，虽还缘用绝句，作为歌辞，却发生了绝大的困难。音乐本来以"声"为主，而且是最活动的。若是拿格律整齐、音顿一定的绝句作为歌辞，而用音乐来配合歌辞，那在音乐方面，自然极感歌辞难协的困难，而且梏桎了音乐的发展。然而又怎能尽受文学的束缚呢？依着音乐自身的发展，一方面为解除歌绝句的困难，或在字中间加散声，或在句里面插和声，以协乐，并且重叠绝句以叶，免除绝句字数之单调。后来即更用曲谱作张本，散声和声，皆填以字，尽变五七言，成长短句。一方面依着音乐单独的发展，常常会产生许多新腔新调儿，倚声以制词，则这种歌辞自然不会是音数整齐的绝句，而是长短不定的句子。晚唐长短句歌辞盛行，这正是表明音乐发达的结果。故词的起源，并不是哪一个人凭空创造出来的，也不能说是起源于哪一篇词。词的起源，只能这样说：唐玄宗的时代，外国乐（胡乐）传到中国来，与中国古代的残乐结合，成功一种新的音乐。最初是只用音乐来配合歌辞，因为乐辞难协，后来即倚声以制辞。这种歌辞是长短句的，是协乐有韵律的——是词的起源。

　　附带我们在这里证明"词者诗之余"说之谬误。大概普通反对"诗余"之说，总是说这是不懂得文学进化的妄言。但"进化"二字却如何能使人心服呢？除非有人拿事实来证明词确不是诗余。那么我们在此处来证明。俞彦说："诗亡……非诗亡，所以歌咏诗者亡也。"这话本对。但他接着又说"诗亡然后词作"，否认"词兴而乐府亡"，便全没理由。大凡一种形体的丧亡，必自有其亡之道。有外因和内因两种：内因是自身已失却存在的价值，外因是有更适用的形体代兴了。我们知道歌词之法是代歌诗之法而兴的。原来在文学里面，绝句或者比诗自由些；若到音乐范围里面，则绝句诗不及词之活动远甚。因为绝句是自身成立为一种体裁，是固定的；词则随音乐的变化而变化，最活动，故能跟着音乐的发展而发展。绝句则仍然退到完全的文学方面去（后来填词也单独在文学方面发展了）。这不分明是歌词打倒了歌诗吗？不分明词是进化的吗？因此我们大胆地说："词兴而歌诗亡。"

第三讲

何谓词

"什么是词？"这个问题我们在这里讨论。

《说文》："词，意内而言外也。"段注云："词者文字形声之合也。"又云："词者从司言，此摹绘物状及发声助语之文字也。"《说文》之所谓词，明明是指文法上所谓词类之词，并不是解释诗词之词。因为词体晚出，最初词的解释，只有造字本义。及词体成立，词的意义，已经不是本义词的解释；也只能从词的作品里去探讨，不能从《说文》的解释了。

《词源》跋云："词与辞通用。"段氏《说文解字》注云："辞谓篇章也。"是辞即篇章之辞，这又不免过于笼统了。词是文学的一体，固然是成篇章的。但成篇章的，又何止词呢？散文、小说都没有不成篇章的，辞之一字，并不足以表现词的特色。最好说词是歌辞。那么歌辞是不错的，然而歌辞两字，只能算是词的别名，表明词是"歌"的，并不能算词的定义。——况且词还不能概括歌辞，古诗、乐府、近体、绝句，也是歌辞呢。

从词的作品里观察词的意义，我们诚然可以明白词是什么了，可是却不能指出词在文体上的特性。换句话说：诗与词并没有根本上的差别。王阮亭曾经告诉我们诗、词、曲的分界，他说："'无可奈何花落去，似曾相识燕归来'，定非《香奁诗》；'良辰美景奈何天，赏心乐事谁家院'，定非《草堂词》也。"刘公㦄云："'夜阑更秉烛，相对如梦寐'，叔原则云：'今宵剩把银釭①照，犹恐相逢是梦中。'此诗与词之分疆也。"这未免说得太神秘了。还有几种说法，也都是先肯定了诗与词的分别，再从作法上、修辞上、叶韵上、体格上，或字句上，勉强下一个区别。这都是没意义的。老实说：无论在形式、在内容上，诗与词都没有明显的划界。

先从歌词方面说。方在晚唐五代，词即歌辞。故《花间》《尊前》诸集，无词名，凡属歌辞，均为选录，并不以长短句分别。我们若以歌辞为诗词之分，那么《花间集》里面正有许多诗体。例如《杨柳枝》：

宜春苑外最长条，

闲袅春风伴舞腰。

正是玉人肠断处，

一渠春水赤栏桥。

---

① 参见（宋）晏殊编撰《元献遗文》："银釭"。

馆娃宫外邺城西，

远映征帆近拂堤。

系得王孙归意切，

不关芳草绿萋萋①。（《花间集》温庭筠词）

这是两首七言绝句。又如《纥那曲》《长相思》系五言绝句。《清平调》《竹枝》《小秦王》《阳关曲》《八拍蛮》《浪淘沙》《阿那曲》《鸡叫子》，均七言绝句。《瑞鹧鸪》系七言律诗。《款残红》系五言古诗。这些歌辞俱载《尊前集》《花间集》《草堂集》中。如其我们承认这些是词集，便不得不承认这些是词，然而却是诗的体裁。我们好如何去区分诗词呢？

或者这么说，诗虽是歌辞，却是整齐的句子，词是长短句的歌辞，这是诗与词的不同。殊不知古乐府里面也有许多长短句的歌辞，例如《战城南》（汉铙歌）：

战城南，死郭北，野死不葬乌可食。

为我谓乌，且为客豪！

野死谅不葬，腐肉安能去子逃？

水深激激，蒲苇冥冥；

---

① 参见（清）康熙皇帝御定编《御定全唐诗》卷二十八："不关春草绿萋萋。"

枭骑战斗死，驽马徘徊鸣。

梁筑室，何以南？何以北？

禾黍不获君何食？愿为忠臣安可得！

思子良臣，良臣诚可思；

朝行出攻，暮不夜归。

它如《瑟调曲》的《东门行》《孤儿行》之类，都是长短句的歌辞，都是乐府诗，而不是词。

还有一说，谓词是倚声制辞，按谱填词，这种倚声填谱，便是词与诗的分野线。这种说法也是枉然的。我们说《花间》为词集之祖，而《花间集》的词便没有一定的调谱。同系一个调子，字句多殊，并非定体。而所谓按谱填词者，乃后人摹拟宋词的体格，并不发生文学上的意义，尤不足以表明词的特征。

凡此处处俱无法证明诗词之划界，实因诗词无区划之可能。据我看来，词就是诗。所谓词者，不过表明词在诗里面的一个特殊色彩而已。何谓词？答曰："词就是抒情诗。"这怎么说呢？且分形体、内容与音乐三方面来解释：

（一）从形体方面看

诗的形体，大都是整齐的，也有不整齐的。"三百篇"的诗、汉代的古乐府、六朝的吴曲歌谣，长短句；很多词的形体，也是一样有不整齐的长短句，有整齐的五言七言。虽然词的长短句多些，这却更适宜于抒情诗。例如"三百篇"的抒情诗、六朝歌曲里的抒情诗，大概都用长短句。因为形式太整齐，便过于板滞不活动了。这种曲线式的长短句，为最适宜于抒情诗的形体。

（二）从音节方面看

从音节方面看，词不但论平仄，并且讲求五声。词押韵比诗更要严格，故词之音乐成分，只有比诗复杂，音节比诗更要响亮。音节与韵律容易在听觉骤增抒情的力量，易于引起情绪的波动，发生联想的感情，故音节在抒情诗里面至关重要。而词的音节，自然是适宜于抒情了。

（三）从内容方面看

更从内容方面看，诗可以分为抒情诗、叙事诗、剧诗等类，词则仅限于抒情一体。我们试将词的作品分析归纳一下，其描写的对象，总不外闺情、离别、伤怀、怅忆之范畴。如《花间》小令，务著艳语；南唐李后主、宋初柳永皆婉约为宗；虽然苏（轼）辛（弃疾）务为豪放，却号称别派，然亦未尝非抒情也；南宋词若《绝妙好词》所选，莫非言情之作。沈伯时云：

作词与作诗不同，纵是用花草之类，亦须略用情意，或要入闺房之意。……如只直咏花草，而不著些艳语，又不似词家体例。
（《乐府指迷》）

李东琪云："诗庄词媚，其体元别。"沈伯时又云："词过片
须要自叙。"明明是咏花草，不可不入情意；明明是咏物，不可不
归自叙。总结一句，即词不可不是抒情的。那么抒情词与抒情诗有
什么区别呢？如李后主的《虞美人》词：

春花秋月何时了，往事知多少？小楼昨夜又东风，故国不堪回
首月明中。

雕栏玉砌应犹在，只是朱颜改。问君能有几多愁？恰似一江春
水向东流。

又如《捣练子》一首：

深院静，小庭空，断续寒砧断续风。
无奈夜长人不寐，数声和月到帘栊！

王昌龄的《长信秋词》：

金井梧桐秋叶黄，珠帘不卷夜来霜。

熏笼玉枕无颜色，夜听南宫清漏长①。

李白的《玉阶怨》：

玉阶生白露，夜久侵罗袜。
却下水晶帘，玲珑望秋月。

这都是抒情的诗和抒情的词，除了字句的长短以外，哪里有划分为两种体裁之可能呢？王昶谓："不知（词）者谓诗之变，而其实诗之正也。"此言得之。

本来中国文学的分类，只是照形式分，全不顾及内容及其他方面。故《国风》与《离骚》原均为诗，乃因篇幅之长短，别为诗赋。诗歌小变，又分为古诗、近体。五言即为五言诗，七言即为七言诗；四句为绝句，八句为律诗。这完全以形式为划界，只要形体稍变即别立一类的名目，并没有根本的差异。词之得名，也是由于诗的形式上小有变改，遂另立词名，以别于诗。其实词不但是诗，与诗没有何等的差异，而且是形式更适宜于抒情，音节更响亮，内容更系情感的，可以说是诗中之诗——抒情诗。唐诗之变，只是形成抒情诗的一种形式；宋词之发达，不过表现抒情诗之单方面的发

---

① 参见（清）徐倬编《御定全唐诗录》卷十六："卧听南宫清漏长。"

展而已。

可是，如其我们说词是抒情诗——不错，抒情诗三个字，的确是词的最好的定义——但这又偏于内容的界说了。为普通人明白词是什么起见，暂下一词的定义："倚声填谱的歌词，谓之词。"词是歌辞，已无话说。现在于歌辞上加以"倚声的"，则"三百篇"、古乐府、五七言绝句都是以乐协辞的，不算是词了。又有"填谱的"，则宋以后的填词，也算词了。大概这个定义——"倚声填谱的歌辞谓之词"，尽可以包括一般之所谓词了。于是"何谓词"的答案，可由（一）词是抒情诗、（二）倚声填谱之歌辞谓之词，两项归纳得一个结论："何谓词？在形体上是音数一定的，篇幅简短的，最长的词如《莺啼序》也不过二百四十字。在音节上是'倚声的'或是'填谱的'，而内容的实质是'抒情的'，那便叫作词。"

第四讲

宋词的先驱

　　研究宋词第一步，讲宋词的先驱。

　　在宋以前，词已经有了很好的成绩。晚唐、五代，温庭筠、李后主们的词，都是很成功的作品。不过我们认为词的历史的线索，是宋代为词的完全发达时期。宋以前只是词的先驱时代。最古的词总集——《花间》《尊前》二集，即辑录晚唐、五代词。《花间集》，据陈直斋《书录解题》云，实为后世倚声填词之祖。《尊前集》则无著录，传本极少。现只就《花间集》来说明宋词的先驱。

　　词何以在五代兴盛？这似乎是很奇怪的。陆游在跋《花间集》有云："斯时天下岌岌，士大夫乃流宕如此，或者出于无聊。"殊不知在专制政治之下，国家变乱，只有平民遭其祸害；贵族阶级，除了有特别的政治关系外，至少还是可以保守其生活上的享乐，生灵涂炭，在他们是不发生什么关系的。看李后主兵临城下，还笙歌不绝。所谓"商女不知亡国恨，隔江犹唱后庭花"者，盖彼时之亡国，不过君主之变换，亡一姓之国，平民不与焉，并且因君主之时常更换，人民比较可得自由。因时局之变乱，人民生活加倍痛苦，反促生"人生苦短，为欢几何"之感，而极端去求乐。可以由历史上来证明：周季幽厉无道，春秋纷争，可为祸乱之极了，而《诗·国风》里关于社交恋爱的抒情诗，特别地多；东晋末年，五胡乱华，六朝争统，也可谓极其祸乱了，而吴曲楚声，盛言儿女艳情。这由表面上看来，仿佛文学与时代环境相背驰；实在不然，时局变乱，反正是人民自由享乐的时候，正生活要求欲极强激起艺术冲动的时候。五季纷扰，正抒情词兴起的根源呢！

词何以在五代成功了呢？陆游在《花间集》第二跋上说："唐季五代诗愈卑，而倚声者辄简古可爱，能此不能彼，未易以理推也。"实际上也尽有理可推。唐季五代的诗卑词胜，并不是作者"能此不能彼"的问题，这是文体的进化。诗体已旧，自然成为卑陋了。词体新出，宜于创造，自然会简古可爱。词的简古可爱，正是词体试验成功，打倒诗体而兴的原因。

更谈到作品方面：唐宋五代，词人已多，《花间》著录共十八人。李璟、李煜、冯延巳等刊有专集者，尚不在内。现只举几个词人的词作为代表。

（一）温庭筠

温庭筠，晚唐人，本名岐，字飞卿，太原籍。与李义山齐名，号称"温李"。但温诗还不及李诗，而以词著称。《花庵词选》谓："飞卿词极流丽，宜为《花间集》之冠。"其实温词还不能达到词的十分成功，例如他的词：

小山重叠金明灭，鬓云欲度香腮雪。懒起画蛾眉，弄妆梳洗迟。

照花前后镜，花面交相映。新帖绣罗襦，双双金鹧鸪。（《菩萨蛮》）

玉楼明月长相忆，柳丝袅娜春无力。门外草萋萋，送君闻马嘶。

画罗金翡翠，香烛销成泪。花落子规啼，绿窗残梦迷。（《菩萨蛮》）

这种词虽不能说是怎样坏，而只是用事铺排而成，没有表现浓挚的情感，毕竟不能说是有实质的作品。再举他的两首词作例：

竹风轻动庭除冷，珠帘月上玲珑影。山枕隐红妆①，绿檀金凤凰。

两蛾愁黛浅，故国吴宫远。春恨正关情，画楼残点声。（《菩萨蛮》）

---

① 参见（清）朱彝尊编选《词综》："山枕隐浓妆"。

洛阳愁绝，杨柳花飘雪。终日行人争攀折，桥下水流呜咽。

上马争劝离觞，南浦莺声断肠。愁杀平原年少，回首挥泪千行。（《清平乐》）

这是描写相思和送别的两首词，"山枕隐红妆，绿檀金凤凰"，已经笨极了，后面也不能把思忆之情深刻地表现出来。写别愁也只隐隐约约用了几个事。人谓："庭筠工于造语，极为奇丽。"我说正惟造语奇丽，庭筠的词便不可读了。庭筠虽不擅长于诗，而为西昆健将。他的词受诗的影响不小，这是温词的大毛病。然而就词论词，庭筠总不失为一个词家。刘融斋说："飞卿词精艳逼人。"这实在是一个很好的批评。

此外有两首词：一首《菩萨蛮》，一首《忆秦娥》。有人说是温庭筠作的，有的说温庭筠作不来。我们不必管作者是谁，却是两首好词：

平林漠漠烟如织，寒山一带伤心碧。暝色入高楼，有人楼上愁。

玉阶空伫立，宿鸟归飞急。何处是归程？长亭更短亭。（《菩萨蛮·闺情》）

箫声咽，秦娥梦断秦楼月；秦楼月，年年柳色，灞陵伤别。

乐游原上清秋节，咸阳古道音尘绝；音尘绝，西风残照，汉家陵阙。（《忆秦娥·秋思》）

其余晚唐短短的小词，也尽有些好的。如张志和的《渔歌子》：

西塞山前白鹭飞，桃花流水鳜鱼肥。
青箬笠，绿蓑衣，斜风细雨不须归。

如段成式的《闲中好》：

闲中好，尘务不萦心。坐对当窗木，看移三面阴。

吕岩的《梧桐影》：

落日斜，秋风冷。今夜故人来不来？教人立尽梧桐影！

这是晚唐的词。到了五代，词越发开展起来了。

（二）冯延巳

冯延巳，字正中，新安人。事南唐为左仆射。《阳春录》便是他的词的创作集。他与南唐中主曾有一段"吹皱一池春水，干卿底事"的有趣故事。他的词也是属艳科，却很描写细腻婉约，读来令人起一种极温柔的感觉。看吧：

谁道闲情抛弃久，每到春来，惆怅还依旧。日日花前常病酒，不辞镜里朱颜瘦。

河畔青芜堤上柳，为问新愁，何事年年有？独立小桥风满袖，平林新月人归后。（《蝶恋花》）

小堂深静无人到，满院春风；惆怅墙东，一树樱桃带雨红。

愁心似醉兼如病，欲语还慵；日暮疏钟，双燕归来画阁中。（《罗敷艳歌》）

玉钩鸾柱调鹦鹉，宛转留春语。云屏冷落画堂空，薄晚春寒，无奈落花风。

搴帘燕子低飞去，拂镜尘莺舞。不知今夜月眉弯，谁佩同心双结、倚阑干？（《虞美人》）

春日宴，绿酒一杯歌一遍，再拜陈三愿：一愿郎君千岁；二愿妾身长健；三愿如同梁上燕，岁岁长相见！（《长命女》）

陈世修说："冯公乐府，思深词丽，韵逸调新。"《人间词话》说："冯正中虽不失五代风格，而堂庑特大，开有宋一代风气。①"从这两个批评里面，可以知道冯延巳的词的意义与价值。

（三）韦庄

略后于冯延巳的词人，有韦庄。庄字端己，杜陵人。为蜀王建掌书记，有《浣花集》词。世人号称"温韦"，其实温词远不如韦词：

人人尽说江南好，游人只合江南老。春水碧于天，画船听雨眠。

垆边人似月，皓腕凝霜雪。未老莫还乡，还乡须断肠！（《菩萨蛮》）

记得那年花下，深夜，初识谢娘时。水堂西面画帘垂，携手暗相期。

惆怅晓莺残月，相别，从此隔音尘。如今俱是异乡人，相见更无因！（《荷叶杯》）

---

① 核查《人间词话》，原文实为："冯正中词虽不失五代风格，而堂庑特大，开北宋一代风气。"

春日游，杏花吹满头。陌上谁家年少，足风流。

妾拟将身嫁与，一生休；纵被无情弃，不能羞。（《思帝乡》）

周保绪说："端己词清艳绝伦，'初日芙蓉春月柳'，使人想见风度。"

（四）李后主

由冯延巳、韦庄到李后主（煜），五代的词，便已登峰造极了。《人间词话》谓："词至李后主而眼界始大，感慨遂深，遂变伶工之词，而为士大夫之词。"李后主不但要算五代第一大词家，在中国文学史上，也要算最伟大的作家。后世每以南唐二主并称。中主也有很好的词：

菡萏香消翠叶残，西风愁起绿波间。还与韶光共憔悴，不堪看！

细雨梦回鸡塞远，小楼吹彻玉笙寒。多少泪珠何限恨，倚阑干。（《山花子》）

说到后主，后主诚然是亡国之君，为后人所唾骂。然而我们应该知道后主并不是一个政治家，他只是一个有天才的文人，幸而生于帝王家，世袭了一个帝位，不幸而做个乱世偏安的皇帝，给人家把国灭掉了。这虽说是后主的罪过，但如其丢开政治关系不谈，只从文学上着想，则像后主那样敌兵已临城下，还是笙歌不绝，真是痴得可笑。而对于他亡国后的痛苦，又堪为悲悯了。

后主的词，显然可分为两时期：在他没有亡国以前的作品，与亡国以后的作品，完全不同。大概没有亡国以前的作品，只是些"烂嚼红茸，笑向檀郎唾"的艳词，没有什么可述；而亡国以后的词，便哀痛伤感之极，令人不忍卒读了。试读以下的词：

无言独上西楼，月如钩。寂寞梧桐深院锁清秋。

剪不断，理还乱，是离愁，别是一般滋味在心头！（《相见欢》）

林花谢了春红，太匆匆，无奈朝来寒雨晚来风！

胭脂泪，相留醉，几时重，自是人生长恨水长东！（《相见欢》）

人生愁恨何能免？销魂独我情何限！故国梦重归，觉来双泪垂！

高楼谁与上？长记秋晴望。往事已成空，还如一梦中。（《子夜》）

别来春半，触目愁肠断。砌下落梅如雪乱，拂了一身还满。

雁来音信无凭，路遥归梦难成。离恨恰如春草，更行更远还生。（《清平乐》）

帘外雨潺潺，春意阑珊。罗衾不耐五更寒。梦里不知身是客，一晌贪欢。

独自莫凭栏，无限江山，别时容易见时难！流水落花春去也，天上人间。（《浪淘沙》）

樱桃落尽春归去，蝶翻金粉双飞。子规啼月小楼西，玉钩罗幕，惆怅暮烟垂。

别巷寂寥人散后，望残烟草低迷。炉香闲袅凤凰儿，空持罗带，回首恨依依。（《临江仙》）

最是后面二首，凄凉怨慕到了万分！"梦里不知身是客，一晌贪欢"；"空持罗带，回首恨依依"，是一丝丝的泪痕，织在纸墨里面。正是"尼采谓'一切文学予爱以血书者'，后主之词，真所谓以血书者也……"（《人间词话》）后主归国有词云：

四十年来家国，数千里地山河。凤阙龙楼连霄汉，玉树琼枝作烟萝，几曾识干戈？

一旦归为臣虏，沈腰潘鬓销磨。最是仓皇辞庙日，教坊犹奏别离歌，垂泪对宫娥！①

这是何等的痴呀！所谓"亡国之音哀以思"非耶？

对于温、韦、冯延巳与李后主诸人的词后人有很好的比较的评论。周介存说："王嫱西施，天下之美妇人也，严妆佳，淡妆亦佳，粗服乱头，不掩国色。飞卿严妆也，端己淡妆也，后主则粗服乱头矣。"《人间词话》说："'画屏金鹧鸪'，飞卿语也，其词品似之；'弦上黄莺语'，端己语也，其词品亦似；正中词品者于其词句中求之，则'和泪试严妆'，殆近之欤？"又言："温飞卿之词，句秀也；韦端己之词，骨秀也；李重光之词，神秀也。"

与后主一个时代的，还有许多很好的词。如顾夐（仕蜀为太尉）的《诉衷情》：

永夜抛人何处去，绝来音。香阁掩，眉敛，月将沉。
争忍不相寻，怨孤衾。换我心为你心，始知相忆深。

---

① 参见（清）康熙皇帝御定编《御定全唐诗》卷八百八十九："……三千里地山河。……最是苍黄辞庙日，教坊独奏别离歌，……"

鹿虔扆的《临江仙》：

金锁重门荒苑静，绮窗愁对秋空。翠华一去寂无踪，玉楼歌吹，声断已随风。

烟月不知人事改，夜阑还照深宫。藕花相向野塘中，暗伤亡国，清露泣香红。

欧阳炯（事后蜀为中书舍人）的《南乡子》：

画舸停桡，槿花篱外竹横桥。水上游人沙上女，回顾，笑指芭蕉林里住。

毛熙震（蜀人，官秘书监）的《何满子》：

寂寞芳菲暗度，岁华如箭堪惊，缅想旧欢多少事，转添春思难平。曲槛丝垂金柳，小窗弦断银筝。

深院空闻燕语，满园闲落花轻。一片相思休不得，忍教长日愁生。谁见夕阳孤梦，觉来无限伤情！

李珣（梓州人，蜀秀才，有《琼瑶集》）的《南乡子》：

乘彩舫，过莲塘，棹歌惊起睡鸳鸯。带香游女偎人笑，争窈窕，竞折团花遮晚照①。

又：

携笼去，采菱归，碧波风起雨霏霏。趁岸小船齐棹急，罗衣湿，出向桃榔树下立。

又：

登画舸，泛清波，采莲时唱采莲歌。栏棹声齐罗袖敛，池光飐，惊起沙鸥八九点。

孙光宪（字孟文，陵州人。先事荆南，后又事宋，有《荆台》《笔佣》《橘斋》《巩湖》诸集）的《浣溪沙》：

蓼岸风多橘柚香，江边一望楚天长，片帆烟际闪孤光。
目送征鸿飞杳杳，思随流水去茫茫，兰红波碧忆潇湘。

---

① 参见（清）康熙皇帝御定编《御选历代诗余》卷二："带香游女偎伴笑，争窈窕，竞折团荷遮晚照。"

张泌（字子澄，江南人，仕南唐为内史舍人）的《江城子》：

浣花溪上见卿卿，脸波明，黛眉轻，高绾绿云金簇小蜻蜓。好是问他来得么？和笑道：莫多情！①

这些都是很好的小词。五代的词，虽属于词的先驱时代，却不能否认这是成功的作品。这时代的词，其特色有两点可述。

在文学方面：照理论说，先驱时代的文学，应该是极幼稚的，不能有很成功的作品。然而不然。我国历史上的文学，往往最好的作品，已在一种文学体裁最初发生时产生了。如"三百篇"为四言之祖，"三百篇"不是最好的四言诗吗？《古诗十九首》为五言之祖，《古诗十九首》不是最好的五言诗吗？词之发展，先有小令；我们敢说五代的小词，是已经成功了的，这自然是因为五代是词的先驱。在这个先驱时候，作词只有自行创造，无可模仿，故容易成功。

在音乐方面：《花间》非词集，乃以歌辞为编辑中心，故所收作品，无论律诗绝句或词，只要是歌辞，即行搜入。所辑既系歌辞，故以歌为主。同是一调名，因时地之变，可有数调谱；同是一

---

① 参见（清）康熙皇帝御定编《御定全唐诗》卷八百九十八："浣花溪上见卿卿，脸波秋水明，黛眉轻，绿云高绾金簇小蜻蜓。好事问他来得么？和笑道：莫多情！"

个调谱，因歌法歌时之出入，同调谱的歌辞亦有差异。在《花间集》里面最明显的，如《杨柳枝》之各调，不但有绝句诗，长短句亦有差异，谱子最无一定。这是表明当时的词，系纯粹的每首的歌辞。调谱既无定轨，词也全随音乐之变而变。此是五代词在音乐方面的特色。宋词便有一定的调谱，"填词"亦多，音乐的关系便消灭了。

总结一句：由不齐整的调谱、无定律的歌辞，进而为调谱有定律的整齐的制词及填词；由简短的小词的创作，进而为长调长词的繁衍。宋词之发达，在五代已经为之先驱了。

第五讲

宋词发达的因缘

词发达到宋代，已经发达到最高点了。作者方面，上自帝王名相，下至贩夫走卒，都会作词，词人不知有多少。作品方面，名篇佳制，更是数也数不清了。在《宋词概观》和《宋词人评传》里面，便可明白宋词发展的概况。现在我们在此地要问到根本上的原因，宋词何以发达到这步田地呢？宋词既不是天上掉下来的，也不是地下掘出来的，自必有它发展的因果律在。那么对于这个问题，我们可以简单分六项置答。

（一）诗体之敝

诗至晚唐五代，气格卑污，千人一律；这是唐诗末流之敝，已经不成其为诗了。所以词体代兴起来。陈卧子云："宋人不知诗而强作诗，故终宋之世无诗。然有欢愉愁苦之致，动于中而不能抑者，类发于诗余，故所造独工。"这是什么缘故呢？难道真是"宋之诗才，若天绌之；宋之词才，若天纵之"吗？不然。《人间词话》于此有很透辟的发挥："盖文体通行既久，染指遂多，自成习套。豪杰之士，亦难于其中自出新意；故遁而作他体，以自解脱。

一切文体，所以始盛终衰者，皆由于此。"宋诗之衰也以此，宋词之盛也以此。

（二）五代词的成功

前面引陆放翁言："晚唐五代诗愈卑，而倚声辄简古可爱。"这是五代词的成功，已经驾诗体而上之了。如《花间集》里面便包涵十几个成功的作家，《浣花集》《阳春录》《南唐二主词》更是文学史上不朽的创作集。这么一来，已经有了五代词的成功，作为先驱；宋词于是承其余绪蓬勃发展起来。这种发展，是必然的：第一，词体既是已经被试验成功的新文体，这种新文体，自然应该有长期的时间，让作者利用这种新文体尽量去创造。第二，五代的词虽已达于成功，但只限于小词方面；局面窄狭，无论内包外延方面，都不曾完备。发扬而光大之，正有待于宋人。

（三）君主之提倡

在专制时代的文化的趋向，君主的意旨，是如何强而有力！简直可以说，一种文风的向化，君主可以任意指定之。宋词之发达，到这般田地，得君主们的帮助也不少。我说这个话，一定有人要奇怪了：宋仁宗不是留意儒雅、严斥浮华的圣主吗？他屡黜柳永[①]，

---

① 据史料，屡黜柳永的实为宋真宗。

便是为的填词，至少可以说宋仁宗不曾提倡词。这样说法，真是误会仁宗了。仁宗不但不反对词，并且很欣赏词。就拿晏氏父子来说吧：晏殊会作词，而仁宗朝，官至枢密使，不见黜于仁宗。晏叔原且以《鹧鸪天》"碧藕花开水殿凉"词，为仁宗所激赏。其他欧苏诸人，都是仁宗时代的词人，都得重任。这虽不是仁宗提倡词的证明，却也不是反对词的了。到了徽宗，他自己既会作词，又倡立大晟乐府，令词人按月进词。南渡以后的君主，高宗便又是极力提倡词的一个，他自己也会作词。"上有好者，下必有甚焉"，宋词怎么不发达呢？

（四）音乐关系

音乐是发生词的渊源，也就是发达词的媒介。原词为歌辞，多可歌。故当代词人的词，每新声一出，便传播于秦楼楚馆了。本来单独的文学效力，在社会里面，远不及音乐的效能来得大。因为有音乐的关系，因此宋词也跟着音乐而得着较大的普遍性。譬如"有井水处，皆歌柳词"，若不是可歌，哪能这么普遍呢？因为在音乐方面，需要歌辞很多，要许多人供给歌辞；而那些歌妓舞女，则每以得名人学士的赠词为夸耀。这些文人，也乐得替她们作词，以博得青楼一粲。又如姜白石辈，他们每自度腔，自度曲。姜诗云："自喜新词韵最娇，小红低唱我吹箫。歌罢已过松林路，回首烟波十里桥。"这些名士文人们，自己既懂得音律，娶几个歌妓为妾，作作歌辞，给她们唱唱，这是很有趣的。音乐与词，既结合成这样密接关系，宋词自然跟音乐的发达而发达了。

（五）时代背景

文学绝不会凭空产生的。一种文学的产生，必有它的时代背景；一种文学的发达，也必有它的时代背景。这是文学史家所告诉我们的话。我们看宋朝的时代背景，是不是适宜于词的发达呢？自然是适宜的。"仁宗朝，中原息兵，汴京繁庶；歌台舞席，竞睹新声。"既是国家平靖，人民自竞趋于享乐。词为艳科，故遭时尚。吴曾的话，已经告诉我们北宋词发达的原因了。北宋末年，外侮日亟；但臣民迷于繁华之梦，沉湎已深，一时醒不过来。所以金兵节节南侵了，徽宗皇帝还在深宫里"清歌妙舞从头按，等芳时开宴。记去年，对着东风，曾许不负莺花愿"。人民也是一样地昏迷不醒。到了南宋，经过了国破家亡，才有那些英雄志士，创为英雄气魄的词，抒写伟大的襟怀，描写壮美的情绪，把词为艳科的观念一手打破。但到了南宋偏安已定，渐渐又恢复了北宋的酣眠状态。国力既微，人心已死，金元天天要南侵。既无力抵抗，又不自努力，只好苟延残喘，多活一天，便算一天，得快活时，且尽量快活一番。由这种畸形的时代心理作背景，艳词作品之多而靡，比北宋更要活动。即如护卫道法、以古道自命的朱熹，他作诗如道德论，作词也写艳情，则艳词之盛，可以想见了。这是要求享乐的颓废的时代背景造成的艳词发达。

　　上面略略叙述了几条宋词发达的原因，自是很简略的。本来一种文体的原因和结果是最复杂的，不是简单几条可以解释明白的。并且文体的发生和发达，有的经过有意识的提倡，有的也是无意的发展；有的是有原因可以指明，有的是无法解释的。况且离开宋代很远的我们，更感觉历史材料做证明的缺乏。要想完全发掘宋词的何以发达做系统的解释，真是满身困难。这篇短文，自然不是满意的。但也许能够得着一个粗枝大叶的观念吧。

第六讲

宋词概观

（一）北宋词

叙述宋词，可以用"贵族的""平民的"，或是"白话的""古典的"，几种分类叙述的方法。但是这种分类叙述，也是很困难的。要在宋词里面分出平民文学来，说那是真正的平民文学，与贵族文学对峙已经不可能；再分什么白话与古典，则辛稼轩的词，完全是白话吗？周清真的词，完全系古典文艺吗？苏东坡、李易安的词，是纯白话呢？纯古典呢？我想谁也不能下一个十分肯定的断语来。若认真分派来叙述，不但不免于武断，而且把宋词割裂成几片段了。我们现在照着时代的自然叙述，分宋词为南北宋二期，做一个概括的鸟瞰。同时也顾到"贵族的""平民的""白话的""古典的"，各种派别上的叙述。

对于宋词做概括的评论，古人有数说：

（1）尤侗云："唐诗有初盛中晚，宋词亦有之。唐之诗由六朝乐府而变，宋之词由五代长短句而变。约而次之，小山、安陆，其词之初乎？淮海、清真，其词之盛乎？石帚、梦窗似得其中；碧山、玉田，风斯晚矣。唐诗以李杜为宗；而宋词苏、陆、章①、刘有太白之风，秦、黄、周、柳得少陵之体。此又画疆而理，联骑而驰者也。"（《词苑丛谈》序）

（2）《词绎》云："词亦有初盛中晚，不以代也。牛峤、和凝、张泌、欧阳炯、韩偓、鹿虔扆辈，不离唐绝句，如唐之初不脱隋调也，然皆小令耳；至宋则极盛，周、张、康、柳，蔚然大家，至姜白石、史邦卿则如唐之中；而明初比唐晚……"

（3）俞仲茅云："唐诗三变愈下，宋词殊不然。欧、苏、秦、黄，足以当高、岑、王、李；南渡以后，矫矫陡健，即不得称中宋晚宋也。……"（《爰园词话》）

这种以宋词附会唐诗的论调，实在很勉强。我们只觉得南宋词有南宋词的意义，北宋词有北宋词的价值。从区分方面讲，北宋词固与南宋词很有显著的差分；而就同点说，则北宋词与南宋词实有联络的线索、共同的色彩，不可强分。所以我们论北宋词，只就北宋词而论北宋词。后人对于北宋词的批评，有的称许《清真词》，有的激赏《乐章词》（柳永作），有的推崇苏词的排奡，有的又说苏词非词家本色。我们决不能在那些古批评者的评论里面，得一个概括的观念，除了几种相互矛盾的褒贬以外。更如女词人李清照，对于北宋这些大词家更有严刻的批评：

---

① 参见（清）江顺诒《词学集成》："辛"。

始有柳屯田永者，变旧声，作新声；出《乐章集》，大得声称于世。虽协音律，而词语尘下。又有张子野、宋子京兄弟、沈唐、元绛、晁次膺辈出①，虽时时有妙语，而破碎何足名家？至晏元献、欧阳永叔、苏子瞻学际天人，作为小歌词，直如酌蠡水于大海；然皆句读不葺之诗尔！……王介甫、曾子固文章似西汉，若作小歌词，则人必绝倒，不可读也！……后晏叔原、贺方回、秦少游、黄鲁直出，始能知之。又晏苦无铺叙，贺苦少典重，秦即专主情致，而少故实。譬如贫家美女，非不妍丽，终乏富贵态②。黄即尚故实，而多疵病。如良玉有瑕，价自减半矣！

像这样看来，北宋这些大词人几乎没有一个足以名家了。清照此论，自有她的独见处，但持论未免过高。本来清照就是睥睨一世的女词人，其讥张子韶有"霜华倒影柳三变③，桂子飘香张九成"，不能即据为定评，尤其不能据为南北宋词的比论。因为清照是北宋词人，她只就北宋词而置论。其余各家，对于北宋的评论，也无须繁事征引了。往下开始叙述吧。

北宋词的发展，在形体上，一方面系仍承五代之旧，为小词的创作，一方面更增延形体为长词的繁衍；在内容上，一方面仍因

---

① 参见（清）徐釚《词苑丛谈》卷一："晁次膺辈继出"。
② 参见（清）徐釚《词苑丛谈》卷一："而终乏富贵"。
③ 参见（清）永瑢《四库全书总目提要》："露花倒影柳三变"。

《花间》旧体，描写婉约的情绪，一方面更扩充词描写的对象，创作排宕慷慨的词。这是动的考察，再进而为静的分析。

小词在五代之发达，上面已有详细叙述。似乎小词在五代已经发达到登峰造极的地步，除非别开生面，决不能再向上发展了。这种说法似是而非。五代的小词，如李后主、冯延巳诸人的小词，诚然是上乘的作品，有宋数百年的小词，也未必能后来居上。可是从另一方面想，一种文风文体，必具有占有时代历程的继续性，不是忽起忽灭的。五代小词虽然价值大，但五代的时代是很短促的，小词的发展未尽其量，尚有继续发展之必要，故至北宋依然承绪五代进行小词之创造以尽量发展。

小词因为简短的缘故，最适宜于抒写片段感兴的情；并且在艺术上的功夫要求少些，不必词人，只要稍能运用文字的，便能写小词，无论其好不好。以故小词的创作，在北宋很发达而流行。如寇準、韩琦、司马光、范仲淹他们并不是词人，而拈笔随手写来，往往有很佳妙的小词。

《江南春》

寇準

波渺渺，柳依依。孤村芳草远，斜日杏花飞。江南春尽离肠断，蘋满汀洲人未归！

《点绛唇》

韩琦

病起恹恹，庭前花影添憔悴。乱红飘砌，滴尽真珠泪[1]。

惆怅前春[2]，谁向花前醉？愁无际，武陵凝睇，人远波空翠。

《苏幕遮》

范仲淹

碧云天，黄叶地，秋色连波，波上寒烟翠。山映斜阳天接水，芳草无情，更在斜阳外！

黯乡魂，追旅思，夜夜除非，好梦留人睡。明月楼高休独倚，酒入愁肠，化作相思泪。

《渔家傲》

范仲淹

塞下秋来风景异，衡阳雁去无留意。四面边声连角起，千嶂里，长烟落日孤城闭。

浊酒一杯家万里，燕然未勒归无计。羌管悠悠霜满地，人不寐，将军白发征夫泪。

---

① 参见（清）康熙皇帝御定《御选历代诗余》卷五："滴尽珍珠泪"。
② 参见（清）康熙皇帝御定《御选历代诗余》卷五："惆怅春时"。

《西江月》

司马光

宝髻松松绾就，铅华淡淡装成①。红云翠雾罩轻盈，飞絮游丝无定。

相见争如不见，有情还似无情。笙歌散后酒微醒，深院月明人静。

这是代表北宋贵族方面的小词，这才是北宋真正的抒情文学。至于平民方面，则类似歌谣的小词更多。可惜经过时代的牺牲，类多散佚，不见于载籍，只少数词散见于各词话。其载于《乐府雅词》者，有《九张机》，无名氏作。录其五首：

一张机，采桑陌上试春衣，风晴日暖慵无力。桃花枝上，啼莺言语，不肯放人归。②

四张机，鸳鸯织就欲双飞，可怜未老头先白！春波碧草，晓寒深处，相对浴红衣。

---

① 参见（清）康熙皇帝御定编《御选历代诗余》卷二十一："铅华淡淡妆成。"

② 参见胡云翼选注《宋词选》（上海古籍出版社，1962年版）："一张机，织梭光景去如飞。兰房夜永愁无寐。呕呕轧轧，织成春恨，留着待郎归。"

五张机，横纹织就沈郎诗，中心一句无人会。不言愁恨，不言憔悴，只恁寄相思。

七张机，春蚕吐尽一生丝，莫教容易裁罗绮。无端剪破，仙鸾彩凤，分作两边衣。

九张机，双花双叶又双枝，薄情自古多离别。从头到底，将心萦系，穿过一条丝。

这是很好的歌谣的小词。吴虎臣《漫录》云：政和间，一贵人未达时，尝游妓崔廿四之馆，因其行第作《踏青游》，京下盛传。词云：

识个人人，恰止二年欢会。似赌赛，六只浑四，向巫山，重重去，如鱼水，两情美。同倚画楼十二，倚了又还重倚。

两日不来，时时在人心里。拟问卜，常占归计，伴三入清斋①，望永同鸳被。到梦里，蓦然被人惊觉，梦也有头无尾！

吴曾《漫录》又云：宣和间，有女子幼卿题词陕府驿壁，其

---

① 参见（宋）吴曾《能改斋漫录》卷十七："拼三八清斋"。

词云：

极目楚天空，云雨无踪，漫留遗恨锁眉峰。自是荷花开较晚，孤负东风。

客馆叹飘蓬，聚散匆匆，扬鞭那忍骤花骢？望断斜阳人不见，满袖啼红！（《浪淘沙》）

《冷斋夜话》云：黄鲁直发荆州亭柱间，有此词：

帘卷曲栏独倚，山展暮天无际。泪眼不曾晴，家在吴头楚尾。数点雪花乱委，扑漉沙鸥惊起。诗句欲成时，没入苍烟丛里。

靖康间，金人犯阙，阳武蒋令兴祖死之，其女为贼掳去，题词雄州驿中：

朝云横度，辘辘车声如水去。白草黄沙，月照孤村三两家。飞鸿过也，百结愁肠无昼夜。渐近燕山，回首乡关归路难！

这都是很好的小词，却是民间作出来的，不是贵族作的，也不是词人作的。现在我们要谈到北宋词人的小词，举晏氏父子、欧阳修、李清照几人的词为代表。

晏殊，初宋词家。他的词，据他的儿子晏幾道说，生平不作妇人语。但我们打开晏殊的《珠玉词》一看，描写儿女情正是它的特色，可见幾道的话完全不对。刘贡父云："元献（即殊）尤喜冯延巳歌词，其所自作，亦不减延巳乐府。"元献实在受了延巳词不小的影响，他的词也有延巳那样的温柔。例：

燕子来时新社，梨花落后清明。池上碧苔三四点，叶底黄鹂一两声，日长飞絮轻。

巧笑东邻女伴，采桑径里逢迎。疑怪昨宵春梦好？元是今朝斗草赢，笑从双脸生。（《破阵子》）

小径红稀，芳郊绿遍，高台树色阴阴见。春风不解禁杨花，濛濛乱扑行人面。

翠叶藏莺，朱帘隔燕，炉香静逐游丝转。一场愁梦酒醒时，斜阳却照深深院。（《踏莎行》）

晏幾道，字叔原，晏殊的幼子。他的词自然受他父亲的影响不少，但叔原对于词的修养与用功，比他的父亲来得深刻些，所以他的词的造诣，还高胜晏殊一筹。陈直斋说《小山词》"可追逼《花间》，高处或过之"，这是不错的批评。看他的词：

梦后楼台高锁，酒醒帘幕低垂。去年春恨却来时，落花人独立，微雨燕双飞。

记得小蘋初见，两重心字罗衣。琵琶弦上说相思，当时明月在，曾照彩云归。（《临江仙》）

妆席相逢，旋匀红泪歌金缕。意中曾许，欲共吹花去。

长爱荷香，柳色殷桥路，留人住。淡烟微雨，好个双栖处。（《点绛唇》）

欧阳修，他在文学史的文名、诗名都很大。他的词在宋词坛里面，名不甚著，然而他的小词，却有极高的价值，还在他的诗之上。后面将有详细的介绍，这里随便举几首词作例：

堤上游人逐画船，拍堤春水四垂天，绿杨楼外出秋千。

白发戴花君莫笑，六么催拍盏频传；人生何处似尊前？（《浣溪沙》）

今日北池游，漾漾轻舟，波光潋滟柳条柔。如此春来春又去，白了人头。

好妓好歌喉，不醉难休，劝君满满酌金瓯。总使花时常病酒，也是风流。（《浪淘沙》）

李清照，她是北宋末年人，在中国词史上一个珍贵的女作家。读了她的词，则冯延巳的《阳春录》、晏同叔的《珠玉词》，都失掉它的温婉了。犹之乎我们在戏场里看男扮女的表演虽妙，却总不如女戏子自己表现得自然。她的词不多，这里举她两首词作例：

帘外五更风，吹梦无踪，画楼重上与谁同？记得玉钗斜拨火，宝篆成空。

回首紫金峰，雨润烟浓，一江春浪醉醒中。留得罗襟前日泪，弹与征鸿。（《浪淘沙》）

香冷金猊，被翻红浪，起来慵自梳头。任宝奁尘满，日上帘钩。生怕离怀别苦，多少事，欲说还休。新来瘦，非干病酒，不是悲秋。

休休！这回去也，千万遍阳关，也则难留！念武陵人远，烟锁秦楼。惟有楼前流水，应念我，终日凝眸。凝眸处，从今又添，一段新愁！（《凤凰台上忆吹箫》）

以上所说，只限于小词方面，小词还不能算是北宋词的特色，北宋词的特色，是在长词的繁衍。长词在北宋怎样繁衍起来呢？《能改斋漫录》云："按词自南唐以来，但有小令。其慢词（即长调）起自仁宗朝。中原息兵，汴京繁庶，歌台舞席，竞睹新声。耆卿（柳永）失意无俚，流连坊曲，遂尽收俚俗语言，编入词中，以便伎人传习。一时动听，散布四方。其后东坡、少游、山谷辈相继有作，慢词遂盛。"慢词的繁衍，即词体之扩充。小词只能写断片感兴的情，而长词则能描写环回深刻的情绪，并且可以容纳多量的词料，在词里面任意使用。小词不必词人之作，也往往有很好的作品。长词的杰作，则大概出于词人之手。因为长词不但需要才气大，情绪丰富，就是艺术的手段也是很重要的。所以在平民作品里面长词甚形缺乏。但却未尝没有，也未尝没有长词的杰作。

《中吴纪闻》记无名氏题吴江的《水调歌头》词：

平生太湖上，短棹几经过？如今重到何事，愁与水云多。拟把匣中长剑，换取扁舟一叶，归去老渔蓑。银艾非吾事，丘壑已蹉跎！

鲙新鲈，斟美酒，起悲歌，太平生长，岂谓今日识干戈？欲泻三江雪浪，净洗边尘千里，不为挽天河。回首望霄汉，双泪堕清波。

《词苑丛谈》记李全之子璮（绿林客）有《水龙吟》云：

腰刀手帕从军，戍楼独倚阑凝眺①。中原气象，狐居兔穴，暮

---

① 参见（清）徐釚《词苑丛谈》卷六："腰刀帕首从军，戍楼独倚间凝眺。"

烟残照。投笔书怀，枕戈待旦。陇西年少，叹光阴似电①，易生髀肉，不如易腔改调。

世变沧海成田，奈群生几番惊扰，干戈烂漫，无时休息。凭谁驱扫？眼底山河，胸中事业，一声长啸：太平时相将近也，稳稳百年燕赵。

《古今词话》记无名氏《御街行》词：

霜风渐紧寒侵被，听孤雁，声嘹唳，一声声送，一声悲。云淡碧天如水，披衣告语：雁儿略住，听我些儿心事。

塔儿南畔，城儿里，第三个桥儿外，溅河西岸，小红楼，门外梧桐雕砌。请教且与低声飞过，那里有人人无寐。

前两首排宕激昂，后一首缠绵婉转，都是极好的作品。可见民间制作长词也尽有佳篇，不过流传极少罢了。《能改斋漫录》又记："西湖有倅，闲唱少游《满庭芳》，偶然误举一韵云：'画角声断斜阳。'琴操在侧曰：'画角声断谯门，非斜阳也。'倅因戏之曰：'尔可改韵否？'"琴操即改作"阳"字韵云：

---

① 参见（清）徐釚《词苑丛谈》卷六："叹光阴掣电。"

山抹微云，天连衰草，画角声断斜阳。暂停征辔，聊共饮离觞。多少蓬莱旧侣，频回首，烟霭茫茫。孤村里，寒鸦万点，流水绕低墙。

魂伤当此际，轻分罗带，暗解香囊。漫赢得秦楼薄幸名狂。此去何时见也？襟袖上，空有余香。伤心处，长城望断，灯火已昏黄。

琴操改作，不必胜于原作，但能随口就韵改词，不失原意，至少须有点文艺素养。由此可知当时妓女文学一定有相当的发达，惜乎不传，我们无法欣赏她们的作品了。往下再讲北宋词人的长词。

北宋的长词，依描写的对象分，分为两派。一派是继承五代《花间》的词风，描写温柔的情绪，不过将情绪的成分加浓密些，加复杂缠绵些，描写铺张些，以铺成长调。柳永、秦观、周邦彦都是这派的代表。一派是完全抛弃那种儿女情绪的描写，而别开生面，去抒写那伟大的怀抱、壮烈的感情，淋漓纵横，构成长篇。这一派的代表人物是苏轼，其余黄山谷、王安石也有趋向这一派词风的词。

先讲柳永一派的词。

柳永（字耆卿），他是一个潦倒生平的穷词人。以故，他的词也尽是闺怨别愁，令人悱恻。他有一段词的佳话，就是苏东坡问一乐工："吾词何如柳耆卿？"对曰："柳屯田词宜十七八少女，按红牙拍，唱'杨柳岸晓风残月'；学士词须铜将军，铁绰板，唱'大江东去'。"言外褒贬之意显然。原来耆卿词多用俚语，所描写的亦系男女间思怨离别之情，不难懂而易感染人，故耆卿词名著于乐部。所谓有井水处，皆歌柳词也。让我们来读他的"杨柳岸晓风残月"吧！

寒蝉凄切，对长亭晚，骤雨初歇。都门帐饮无绪，留恋处，兰舟催发。执手相看泪眼，竟无语凝噎。念去去千里烟波，暮霭沈沈楚天阔。

多情自古伤离别，更那堪、冷落清秋节？今宵酒醒何处，杨柳岸，晓风残月。此去经年，应是良辰好景虚设。便纵有千种风情，更与何人说？（《雨霖铃》）

对潇潇暮雨洒江天，一番洗清秋。渐霜风凄紧，关河冷落，残照当楼。是处红衰翠减，苒苒物华休。惟有长江水，无语东流。

不忍登高临远，望故乡渺邈，归思难收。叹年来踪迹，何事苦淹留？想佳人妆楼颙望，误几回天际识归舟！争知我倚阑干处，正恁凝愁。（《八声甘州》）

陈直斋评柳词谓："音节谐婉，词意妥帖，承平气象，形容曲尽，尤工于羁旅行役。"这是最适宜的耆卿词评。

秦观（字少游）与苏东坡同时，著有《淮海词》。他的词与苏、黄的词均不同道，而趋向柳永。蔡伯世称少游词："子瞻辞胜乎情，耆卿情胜乎辞；辞情相称者，惟少游而已。"彭羡门谓："词家每以秦七黄九并称，其实黄不及秦远甚。"由此可知少游词之受人称道了。少游小词长词，并皆佳妙。东坡亦很推重他的词。词例：

梅英疏淡，冰澌溶泄，东风暗换年华。金谷俊游，铜驼巷陌，新晴细履平沙。长记误随车，正絮翻蝶舞，芳思交加。柳下桃蹊，乱分春色到人家。

西窗夜饮鸣笳，有华灯碍月，飞盖妨花。兰苑未空，行人渐老，重来是事堪嗟。烟暝酒旗斜，但倚楼极目，时见栖鸦。无奈归心，暗随流水到天涯。（《望海潮·洛阳怀古》）

西城杨柳弄春柔，动离忧，泪难收。犹记多情，曾为系归舟。碧野朱桥当日事，人不见，水空流。

韶华不为少年留，恨悠悠，几时休？飞絮落花时候，一登楼，便做春江都是泪，流不尽，许多愁！（《江城子》）

周邦彦（字美成），有《清真词》集。他精于音律，徽宗时提举大晟乐府。徐釚云："周清真虽未高出，大致匀净，有柳欹花亸之致，沁人肌骨，视淮海不徒娣姒而已。"清真词之铺叙，未必高出淮海，居然有人称他是北宋第一词家，未免过誉了吧。他的长调很有名。词例：

柳阴直，烟里丝丝弄碧。隋堤上，曾见几番，拂水飘绵送行色。登临望故国，谁识京华倦客？长亭路，年去年来，应折柔条过千尺。

闲寻旧踪迹，又酒趁哀弦，灯照离席。梨花榆火催寒食，愁一箭风快，半篙波暖，回头迢递便数驿，望人在天北。

凄恻恨堆积，渐别浦萦回，津堠岑寂。斜阳冉冉春无极，念月榭携手，露桥闻笛，沉思前事，似梦里泪暗滴。（《兰陵王·咏柳》）

正单衣试酒，怅客里光阴虚掷。愿春暂留，春归如过翼，一去无迹。为问花何在？夜来风雨，葬楚宫倾国。钗钿堕处遗香泽，乱点桃蹊，轻翻柳陌。多情为谁追惜？但蜂媒蝶使，时叩窗槅。

东园岑寂，渐蒙笼暗碧，静绕珍丛底，成叹息。长条故惹行客，似牵衣待话，别情无极。残英小，强簪巾帻，终不似一朵钗头颤袅，向人敧侧。漂流处，莫趁潮汐，恐断红尚有相思字，何由见得？（《六丑·蔷薇谢后作》）

这种柳派的词，我们读了虽然并不感觉有什么特别的词境，也不过和《花间》小令一样描写两性的爱情，描写闺思别怨；然而同是写闺情，同是写别怨，在小词只能说几句便完了，感动人的力比较小，长词则缠缠绵绵，说了又说，描写得淋漓尽致，读了不仅感受一种单纯的情绪的刺激，而生复杂的印象，来得深刻而且缠绵。这种作品感动人的力量便很大了。尤其是柳永的词，孙敦立说"耆卿词虽极工，然多杂以鄙语"，殊不知"杂以鄙语"，正是柳词的佳处。周邦彦的词，因为"无一点市井气"（沈伯时语），过于文雅，便减削不少的好处了。柳永一派的词，有一个共同的大毛病，却是词里面没有气骨。故如陈直斋云："柳词气格不高。"叶少蕴云："子瞻云：'山抹微云秦学士，露华倒影柳屯田。'微以气骨为病也。"徐釚云："周清真虽未高出。"这都是从词的风骨上着眼，不满意于这一派的。实在的，我们如其多读柳、周的词，只表现一种病态的心理，假如一读苏学士的词，精神立刻兴奋起来。

词到了苏轼，一洗五代以来词的脂粉香泽、绸缪婉转的习气，别开生面的描写，打破词为艳科的狭隘观念。真的，如其我们读了《花间》小令，读了北宋人的小词，柳永、秦、周的词，再来读苏东坡的长歌，真是如同听了十七八少女按红牙拍，歌"杨柳岸晓风残月"以后，头脑昏迷，忽听关西大汉执铁绰板，唱"大江东去"，精神为之一爽。这是何等的感趣味！听听唱"大江东去"吧。

大江东去，浪淘尽，千古风流人物。故垒西边，人道是，三国周郎赤壁。乱石穿空，惊涛拍岸，卷起千堆雪。江山如画，一时多少豪杰。

遥想公瑾当年，小乔初嫁了，雄姿英发。羽扇纶巾，谈笑间，樯橹灰飞烟灭。故国神游，多情应笑我，早生华发。人生如梦，一樽还酹江月。（《念奴娇·赤壁怀古》）

明月几时有？把酒问青天。不知天上宫阙，今夕是何年。我欲乘风归去，又恐琼楼玉宇，高处不胜寒。起舞弄清影，何似在人间。

转朱阁，低绮户，照无眠。不应有恨，何事常向别时圆？人有悲欢离合，月有阴晴圆缺，此事古难全。但愿人长久，千里共婵娟。（《水调歌头》）

黄庭坚，世以秦七、黄九并称，其实他的词与秦少游的词毫不相干。庭坚有很豪放的词，如《念奴娇》：

断虹霁雨，净秋空，山染修眉新绿。桂影扶疏，谁便道，今夕清辉不足？万里青天，姮娥何处，驾此一轮玉。寒光零乱，为谁偏照醽醁？

年少从我追游，晚凉幽径，绕张园森木。共倒金荷，家万里，

难得尊前相属。老子平生，江南江北，最爱临风笛。孙郎微笑，坐
来声喷霜竹。

王安石，他的词的造诣不及他的诗，但《桂枝香》一首，却是
极有名的长词：

登临送目，正故国晚秋，天气初肃。千里澄江似练，翠峰如
簇。征帆去棹残阳里，背西风、酒旗斜矗。彩舟云淡，星河鹭起，
画图难足。

念往昔，豪华竞逐，叹门外楼头，悲恨相续。千古凭高对此，
漫嗟荣辱。六朝旧事随流水，但寒烟衰草凝绿。至今商女，时时犹
唱，《后庭》遗曲。（《桂枝香·金陵怀古》）

苏轼这一派的词，后人很多瞧不起。陈无己云："东坡以诗
为词，如教坊雷大使之舞，虽极天下之工，要非本色。"张世文
云："词体大约有二，一婉约，一豪放。大抵以婉约为正。"而李
易安则以不谐音律为苏词之大病。其实这都是谬论。我们现在论词
是不问正宗与别派，只要好词。至于"不谐音律"，这是音乐方面
的事，并不能涉及文学本身的价值问题。因为苏词要抒写宏壮的襟
怀，往往不顾及音律上严格的合拍，以形成作品的伟大。据我们看
来苏轼一派的词，打破了词为艳科的狭义，新辟无穷的词境，让新

作家太努力，革命的伟绩不小，无奈一般人只闻于词以婉约为宗，不问新境界图发展（苏轼以后直至南宋，才有辛弃疾继起），反肆意讥笑革命军，而刻意求古，这才是食古不化呢！

以上约略叙述了北宋词的梗概。总之北宋词的特色：在小词方面，继承五代的余绪，有晏氏父子、欧阳修、李易安诸人的创作，小词臻于极盛；长歌方面，分为柳永和苏轼的两派，向不同的方面发展。柳词就小词的内容，加以深刻的缠绵的情感，铺叙成长词。苏派则描写高旷的意境，表现壮美的个性。结果，都有很好的成功。实在讲来，这种分派的叙述实是很武断的。北宋词人作词，并没有什么门户之见。如苏轼称秦观为词手，而秦、苏二人的词，便迥不相同。各人只走向各人的路，所以各人都有各人的造就不同。如上面例举的那些作者，都是一代的大词人，都是成功的作家，应该分别介绍的。其详均见下篇《宋词人评传》里面。这里因为叙述的方便，只好勉强分派举例来叙述做一个概观。

（二）南宋词

到了南宋，词臻于极盛的境界。同时，也却是词的末运。这怎么说呢？词体经过五代至北宋长期的发达，无论在小词方面，长歌方面，婉约的词，或是豪放的词，都有专门的作家、极好的作品。本来体格谨严的词体，描写对象又是很狭的，经过这么长期的开展，差不多开展已尽，无可发展了。而且北宋词既有很好的成绩，很好的作品，作为范本，南宋词人不由得便走上古典主义的路上去了。讲词派，论词体，讲求字面，讲求雕琢，尽在作法上转来转去；虽有警字警句，而支离破碎，何足名篇名家？况所谓作法之讲求，也不过以北宋名家词为摹本。是则虽有成就，无非北宋人之皂隶，更何能超北宋而上之呢？故在量的方面讲，南宋词诚然发达到极地无以复加了；若论到词的本质，则南宋词确乎是词的末运了。宋徵璧言"词至南宋而繁，亦至南宋而敝"，诚不诬也。

这是概括的说法，泛论南宋词的现象。但这种说法嫌太笼统了，而且不免武断。若是我们把南宋一代的词分析地说来，则南宋词也未尝没有大词人、好作品，不可一概而论呢。现在我们为叙述方便起见，分开南宋为三时期来叙述：（一）南渡时的词，（二）偏安以后的南宋词，（三）南宋末年的词。先讲南渡时的词：

南渡时的词，那是最值得叙述的，在南宋词里面。当时金兵入寇，徽、钦被掳，眼见大好河山沦于异种，一时爱国志士，群起御夷。所谓豪杰者流，痛祖国之丧乱，哀君王之沦夷，投鞭中流，击楫浩歌，其护爱国家的热忱、怀抱的伟大、胸襟之宏阔、性情之壮美，发为词歌，岂独豪放而已？

我们叙述宋南渡时的词，换言之，却是讲英雄的词文学。这种英雄的文学，不但在南宋要算特色，也就是有宋全代的特色。原来北宋一代，对于国际间，只持保守和平、退让主义，只要能保守暂时的苟安，无论如何订条件退让都是可以的。所以有宋二百年的天下，只在吞声忍气的苟安之下过活了。虽有范仲淹之流，也不过穷守边塞，作几句愁酸词，哪里有表现出英雄的本色词来？到了南渡时节，情形便不同了。外力侵入中国，已经闹得极凶了，自家的国君给异族掳去，自家的国都给异族占有，自家的家室不能安居，这种种亡国的刺激，激动了一般人民爱国的意识。英雄及英雄的文学，即是这样产生出来的。在词一方面讲，南渡时英雄的词，可以拿辛弃疾做代表。但有一位大英雄岳飞，他虽说不是词人，他作的词也很稀罕，却不能不说是极珍贵的，极能道出英雄的本色来。看他的词吧：

怒发冲冠，凭栏处，潇潇雨歇。抬望眼，仰天长啸，壮怀激烈。三十功名尘与土，八千里路云和月。莫等闲，白了少年头，空悲切！

靖康耻，犹未雪；臣子恨，何时灭？驾长车，踏破贺兰山缺。壮志饥餐胡虏肉，笑谈渴饮匈奴血。待从头，收拾旧山河，朝天阙。（《满江红》）

满腔忠愤，一气呵成，仅仅读了岳飞这么一首词，觉得《花间集》《乐章集》的词都是病态的了；觉得苏东坡的词，也不算豪放了。他那种爱国的精诚，在九十三个字里充分表曝出来，读了令人兴奋，却又不是格言或道德论，在壮烈的情感里面，来现出他全部的人格。

因为岳飞不是词人，他的词极少，够不了我们如何的叙述；现在让我们来谈谈这位英雄的词家辛弃疾吧。

辛弃疾，字幼安，本系北宋人。①他少年时与耿京在山东起兵，很干了一些英雄事业。老年在南宋做官。关于他的平生，下篇将有详细的介绍。我们只要知道他是一位英雄，他的词也是英雄的。后人评论他的词，和评苏东坡一样说是豪放，非词家正宗。有的说他的词失之粗俚；有的说他的词"时时掉书袋，要是一癖"；又有人竟否认幼安的词是词，说是词论；近人胡适则说辛幼安的词，可算是南宋的第一大家。要之奔放豪肆，英雄本色，这是辛词的长处。我们恭维辛词的在此处，人家反对辛词也正在此处。抄他几首词作例：

杯汝来前！老子今朝，点检形骸：甚长年抱渴，咽如焦釜；于今喜睡，气似奔雷。汝说刘伶，古今达者，醉后何妨死便埋？浑如此，叹汝于知己，真少恩哉！

更凭歌舞为媒，算合作人间鸩毒猜。况怨无大小，生于所爱；物无美恶，过则为灾。与汝成言："勿留亟退！吾力犹能肆汝杯！"杯再拜，道：麾之即去，招则须来。（《沁园春·将止酒》）

---

① 据史料，辛弃疾出生于1140年，北宋已于1127年灭亡。

叠嶂西驰，万马回旋，众山欲东。正惊湍直下，跳珠倒溅，小桥横截，缺月初弓。老合投闲，天教多事，检校长身十万松。吾庐小，在龙蛇影外，风雨声中。

争先见面重重，看爽气朝来三数峰。似谢家子弟，衣冠磊落；相如庭户，车骑雍容。我觉其间，雄深雅健，如对文章太史公。新堤路，问偃湖何日，烟水濛濛。（《沁园春》）

这种词像是很粗俚，却很可以表示辛幼安的一团豪气。幼安的词，尤以少年时代的词，大都才气横溢，豪纵不可一世。直到他的晚年归宋，仕于高宗，这时英雄气已经消磨殆尽，词的技巧却越发进步了。在这时候的辛幼安词，与少年时那种英雄气魄的词，完全两样。

绿树听鹈鴂。更那堪鹧鸪声住，杜鹃声切。啼到春归无寻处，苦恨芳菲都歇。算未抵人间离别。马上琵琶关塞黑，更长门、翠辇辞金阙。看燕燕，送归妾。

将军百战身名裂，向河梁、回头万里，故人长绝。易水萧萧西风冷，满座衣冠似雪，正壮士悲歌未彻。啼鸟还知如许恨，料不啼清泪长啼血。谁共我，醉明月？（《贺新郎》）

更能消几番风雨，匆匆春又归去。惜春长，怕花开早，何况落红无数。春且住：见说道，天涯芳草无归路。怨春不语，算只有殷勤，画檐蛛网，尽日惹飞絮。

长门事，准拟佳期又误。蛾眉曾有人妒。千金纵买相如赋，脉脉此情谁诉？君莫舞！君不见玉环、飞燕皆尘土。闲愁最苦！休去倚危栏，斜阳正在烟柳断肠处。（《摸鱼儿》）

宝钗分，桃叶渡，烟柳暗南浦。怕上层楼，十日九风雨。断肠片片飞红，都无人管，更谁劝流莺声住？

鬓边觑，试把花卜归期，才簪又重数。罗帐灯昏，哽咽梦中语："是他春带愁来，春归何处，却不解带将愁去。"《祝英台近》

沈谦云："《稼轩词》以激扬奋厉为工，至'宝钗分，桃叶渡'一曲，昵狎温柔，魂销意尽，才人伎俩，真不可测！"幼安晚年，英雄气短，儿女情长，故所作词极尽昵狎温柔。后人有的称道他少年时的英雄词，有的称道他晚年的艳情词。我们却不左右祖。英气词固是幼安的本色，晚年的艳词，也能自出机杼，不落前人窠臼，令人爱读。这是辛幼安运用白话的技术，超迈前人的成功。还举他两首带滑稽的小词为例：

几个相知可喜，才厮见，说山说水。颠倒烂熟只道是，怎奈何，一回说，一回美。

　　有个尖新底，说底话非名即利①，说的口干罪过你。且不罪，俺略起，去洗耳。（《夜游宫·苦俗客》）

　　少年不识愁滋味，爱上层楼；爱上层楼，为赋新词强说愁。

　　而今识尽愁滋味，欲说还休；欲说还休，却道天凉好个秋！（《丑奴儿·书博山道中壁》）

　　与辛幼安同时期的词人，有陆游、刘过。陆游是一个有英雄气魄而未克发展的人，刘过则系辛幼安的幕客。他俩的词受辛词的影响不小。他们的成功也就是辛派。

　　陆游（字务观，号放翁）他在文学上的造就，是诗歌。但他的词也有很好的。刘潜夫云："放翁、稼轩一扫纤艳，不事斧凿，高则高矣；但时时掉书袋，要是一癖。"

　　华鬓星星，惊壮志成虚，此身如寄。萧条病骥，向暗里消尽当年豪气。梦断故国山川，隔重重烟水。身万里，旧社凋零，青门俊游谁记？

　　尽道锦里繁华，叹官闲昼永，柴荆添睡。清愁自醉，念此际付

---

① 参见（宋）辛弃疾《稼轩词》："说底话非名非利"。

与何人心事？纵有楚柂吴樯，知何时东逝。空怅望，鲙美菰香，秋
风又起。（《双头莲》）

　　一个埋没了的英雄，我们读他老年的作品，梦里依然壮志未
消，英气凛然！"掉书袋"有什么毛病呢？他还有很好的白话词：

　　采药归来，独寻苑店沽新酿①。暮烟千嶂，处处闻渔唱。
　　醉弄扁舟，不怕黏天浪。江湖上，这回疏放，作个闲人样。
（《点绛唇》）

　　华灯纵博，雕鞍驰射，谁记当年豪举？酒徒一一取封侯，独去
作江边渔父。
　　轻舟八尺，低篷三扇，占断苹洲烟雨。镜湖元自属闲人，又何
必官家赐与？（《鹊桥仙》）

　　刘过（字改之），他在事业上并没有什么表现，而在词里面则
很能表现出他那种英雄气魄来。假如说到辛派的词，则刘过真是辛
词的嫡派。他有一首很有趣味的《沁园春》词：

---

① 参见（宋）辛弃疾《放翁词》："独寻茆店沽新酿"。

斗酒彘肩，风雨渡江，岂不快哉！被香山居士，约林和靖与坡仙老，驾勒吾回。坡谓："西湖正如西子，浓抹淡妆临照台。"二公者，皆掉头不顾，只管传杯。

白云："天竺去来，图画里峥嵘楼阁开。爱纵横二涧，东西水绕，两峰南北，高下云堆。"遄曰："不然，暗香浮动，不若孤山先访梅。须晴去，访稼轩未晚，且此徘徊。"

这是刘过寄稼轩的一首词。这首词的体格、描写，在词史上形成一个特色。用了几件故事，放入词里去，并且用对话的描写，开词体新例。在刘看来，词的界限简直宽极了。偏岳珂说他是"白日见鬼"，这却不足为过词病。此外改之也还有很妩媚的小词：

芦叶满汀洲，寒沙带浅流。二十年重过南楼。柳下系船犹未稳，能几日，又中秋。

黄鹤断矶头，故人曾到否？旧江山浑是新愁。欲买桂花同载酒，终不似，少年游。（《唐多令·重过武昌》）

情高，意真，眉长，鬓青，小楼明月调筝，写春风数声。

思君，忆君，魂牵，梦萦，翠销香暖云屏，更那堪酒醒！（《醉太平》）

南渡的词及词家已于上述。这个过渡期不久，南宋已成偏安之局。再过几次的恢复无效，宗泽、岳飞辈相继死亡，于是偏安之局大定。这时君主只图苟安，士大夫之流更习于偷懒，得过且过。既没有英雄，英雄的词人自然不会有了。一般士大夫既习于时俗的偷闲苟安，没有丰富的生活，他们的词也自然不会有内容。加以北宋词家蔚起，作品斐然。南宋承受北宋的这些成绩，在北宋词里面抽出一些作词的原理原则，遵守那些原理原则，只从艺术上做功夫，便自然而然往古典的路上走，以形成南宋古典主义的词派。现在我们以词人的词，与非词人的词两面，来叙述偏安以后的南宋词。

南宋自偏安决定以后，至于宋末，时代很长，作家尤多，叙述实感困难。大概说来，南宋词的发展，偏于长调。这是继承北宋之余绪。小词则南宋词人无足称矣。至于非词人方面，平民之作，却正相反，长于小词，小词有很多好的。这在后面去叙述吧。现在南宋词人中选几个作家，来代表这一代文人词的趋势。

姜夔（字尧章，号白石道人），与范石湖同时。石湖说"白石，有裁云缝月之妙手，敲金戛玉之奇声"。石湖自己是个诗人，又会作词，他的评论自很有意义。但也未免过誉白石了。即如他最有名的《暗香》《疏影》，那是姜夔的自度腔，在词史是两首极有名的词，但在我们看来，也未见得好到怎样。艺术确是不差，典故也用得很巧，可以说得上"清空"二字。可是没有内容，没有情感，引不起读者心弦的感印，真是读了等于不读一样，这是坏的方面讲。再举他几首代表词：

淮左名都，竹西佳处，解鞍少驻初程。过春风十里，尽荠麦青青。自胡马窥江去后，废池乔木，犹厌言兵，渐黄昏清角吹寒，都在空城。

杜郎俊赏，算如今重到须惊。纵豆蔻词工，青楼梦好，难赋深情。二十四桥仍在，波心荡，冷月无声。念桥边红药，年年知为谁生？（《扬州慢》淳熙丙申至日过扬州）

庾郎先自吟愁赋，凄凄更闻私语。露湿铜铺，苔侵石井，都是曾听伊处。哀音似诉，正思妇无眠，起寻机杼。曲曲屏山，夜来独自甚情绪？

西窗又吹暗雨，为谁频断续，相和砧杵？候馆迎秋，离宫吊月，别有伤心无数。《豳》诗漫与，笑篱落呼灯，世间儿女，写入琴丝，一声声更苦！（《齐天乐·咏蟋蟀》）

这几首词，虽然也不免用典用事，却不能不说是好词。周保绪拿辛弃疾与姜白石比论说："吾十年来服膺白石，而以稼轩为外道。由今思之，可谓扪籥也。稼轩郁勃故情深，白石放旷故情浅；稼轩纵横故才大，白石局促故才小。"拿姜白石来比辛稼轩自然相形见绌，但在南宋词人中，姜白石还要算一个成功的作家。他与辛弃疾分道扬镳，一个人代表一个词派的趋势。辛词已于上述了，姜派词的特征在注重词的艺术与声律方面。因为过分注意词的艺术与声律去了，自然不免削减文学的实质，缺乏内容与情感，这是姜派词的大缺点。与白石同派的词人最多，再举两个人做代表。

吴文英（字君特，号梦窗），他的词古典的意味尤深。他的朋友沈伯时也说他"用事下语大晦处，人不可晓"。张玉田更说："吴梦窗词，如七宝楼台，眩人眼目，碎拆下来不成片段。"原来梦窗作词，只讲究字面。虽然字面弄得很好看，却缺乏情感的联络，是则字句虽然好看，也不过是美丽的字句，而不是整个的动人的文学作品。但如胡适所谓"词到吴文英可算是一大厄运"，又未免太偏见了。梦窗的词也何尝没有好的呢？

何处合成愁？离人心上秋！纵芭蕉不雨也飕飕。都道晚凉天气好，有明月，怕登楼！

年事梦中休，花空烟水流，燕辞归、客尚淹留。垂柳不系裙带住，谩长是，系行舟！（《唐多令》）

修竹凝妆，垂杨驻马，凭栏浅画成图。山色谁题？楼前有雁斜书。东风紧送斜阳下，弄旧寒晚酒醒余。自销凝，能几番花前，顿老相如。

伤春不在高楼上，在灯前倚枕，雨外熏炉。怕叙游船，临流可

奈清癯！飞红若到西湖底，搅翠澜总是愁鱼。莫重来，吹尽香绵，泪满平芜①。（《高阳台·丰乐楼》）

这种古典词，也未尝不好，不过说是南宋第一家，的确是过誉了。

史达祖（字邦卿，号梅溪），与姜白石同时。白石很欣赏他的词云："奇秀清逸，有李长吉之韵。盖能融情景于一家，会句意于两得。"由梅溪的作品看来，则梅溪的咏物词，实在能曲尽技巧。

做冷欺花，将烟困柳，千里偷催春暮。尽日冥迷，愁里欲飞还住。惊粉重，蝶宿西园；喜泥润，燕归南浦。最妨他佳约风流，钿车不到杜陵路。

沈沈江上望极，还被春潮晚急，难寻官渡。隐约遥峰，和泪谢娘眉妩。临断岸、新绿生时，是落红、带愁流处。记当日门掩梨花，剪灯深夜语。（《绮罗香·春雨》）

过春社了，度帘幕中间，去年尘冷。差池欲住，试入旧巢相并。还相雕梁藻井，又软语商量不定。飘然快拂花梢，翠尾分开

---

① 参见（清）上彊村民选编《宋词三百首》："……能几花前，……在灯前敧枕，……临流可奈清臞？……"

红影。

芳径芹泥雨润，爱贴地争飞，竞夸清俊。红楼归晚，看足柳昏花暝，应自栖香正稳，便忘了天涯芳信。愁损翠黛双蛾，日日画栏独凭。（《双双燕》）

这种描写的技术，很能够形容曲致。以上姜、吴、史三人，便是代表南宋时代词风的趋向。王阮亭说："宋南渡后，梅溪、白石、竹屋、梦窗诸子，极妍尽态，反有秦李未到者。虽神韵天然处或减，要自令人有观止之叹。正如唐绝句至晚唐刘宾客、杜京兆，妙处反进青莲、龙标一尘。"朱彝尊说："词人言词，必称北宋。然词至南宋始极其至，姜尧章氏最为杰出。"南宋词系以白石为宗，不但史邦卿、吴梦窗都跟着白石向古典的路上走，即宋末的词人也多半受白石的影响，立于姜派系统之下。间有不入这个系统范围的词家，如刘克庄、朱淑真辈。克庄，我们不能明白地说他是哪一派的作家，他有古典调，也有白话词。朱淑真则系女性的作家。他们的词都有很好的。举几首词作例：

宫腰束素，只怕能轻举。好筑避风台护取，莫遣惊鸿飞去。

一团香玉温柔，笑颦俱有风流。贪与萧郎眉语，不知舞错伊州。（《清平乐·为舞姬赋此》）

片片蝶衣轻，点点猩红小。道是天工不惜花，百种千般巧。

朝见树头繁，暮见枝头少。道是天公果惜花，雨洗风吹了。
（《卜算子·海棠为风所损》）

这是刘克庄的两首小词，读来很觉妩媚。再举朱淑真几首代表词：

楼外垂杨千万缕，欲住青春①，少住春还去，犹自风前飘柳絮。随春且看归何处？

满目山川闻杜宇，便做无情，莫也愁人意。②把酒送春春不语，黄昏却下潇潇雨。（《蝶恋花·送春》）

去年元夜时，花市人如昼。③月上柳梢头，人约黄昏后。

今年元夜时，月与灯依旧。不见去年人，泪湿春衫袖！（《生查子》）

现在谈到宋末的词了。到了宋末，词的发达已经发达到无可发展了的境界。朱彝尊说："词至宋季始极其变。"实在，宋末的词

---

① 参见（宋）朱淑真《断肠词》："欲系青春"。
② 参见（宋）朱淑真《断肠词》："绿满山川闻杜宇，便做无情，莫也愁人苦。"
③ 参见（宋）朱淑真《断肠词》："花市灯如昼。"

已经变到无可变了。所谓词家作词，也只是在旧词里面换字斟句，转去转来，并无新意，值不得我们加意来叙述。只举两个人的词为例。

王沂孙（字圣与，号碧山），张叔夏云："其词闲雅，有姜白石意趣。"碧山究竟有没有白石的意趣？且让读者读他的词再加评判吧。

残雪庭除，轻寒帘影。霏霏玉管春霞，小帖金泥，不知春是谁家。①相思一夜窗前梦，奈个人水隔天遮。但凄然满树幽香，满地横斜。

江南自是离愁苦，况游骢古道，归雁平沙。怎得银笺，殷勤与说年华。如今处处生芳草，纵凭高，不见天涯。更消他几度东风，几度飞花。

张炎（字叔夏）的《高阳台·西湖春感》：

接叶巢莺，平波卷絮，断桥斜日归船。能几番游？看花又是明年。东风且伴蔷薇住，到蔷薇春已堪怜。更凄然，万绿西泠，一抹

---

① 参见（清）上彊村民选编《宋词三百首》："残雪庭阴，轻寒帘影，霏霏玉管春葭。小帖金泥，不知春在谁家？"

荒烟。

当年燕子知何处？但苔深韦曲，草暗斜川。见说新愁，如今也到鸥边。无心再续笙歌梦，掩重门，浅醉闲眠。莫开帘，怕见飞花，怕听啼鹃。

这两首《高阳台》都是亡宋的作品，包藏无限伤感。玉田作《词源》，独推白石为"清空"，他自己的词也趋向白石，然而成功不及白石远了。

《词苑丛谈》云：詹天游以艳词得名，见诸小说。其送童瓮天兵后归杭《齐天乐》云：

相逢唤醒金华梦，胡尘暗斑吟发。倚担评花①，认旗沽酒，历历行歌奇迹。吹香弄碧，有坡柳风情，逋梅月色。画鼓江船，满湖春水断桥客。

当时何限怪侣，甚花天月地②，人被云隔。却载苍烟招白鹭，一醉修江又别。今回记得，再折柳穿鱼，赏梅催雪。如此湖山，忍教人更说！

---

① 参见（清）徐釚《词苑丛谈》卷三："倚檐评花"。
② 参见（清）徐釚《词苑丛谈》卷三："认花天月地"。

看了这一段话，可知宋末词的颓废。据我们看来，文学风气是随时代的风气而变。本来南宋以苟安偷活延续它的残喘，人民自然习于靡靡的生活，则从词作品表现出来也是靡靡的生活。如上所举例一类作品，正是代表时代性的作品呢！最后的宋末的文人词，我们举出文天祥来压阵。天祥的生平无须在这里介绍，他的词完全表演他那种刚忠的人格。如北上时有题张许庙《沁园春》一调云：

为子死孝，为臣死忠。死亦何妨？自光岳气分，士无全节，君臣义缺，谁负刚肠骂贼？睢阳爱君，许远留得声名万古香。后来者，无二公之操、百炼之刚。

嗟哉人生，翕炊云亡！好轰轰做一场。①使当时卖国，甘心降虏②，受人唾骂，安得流芳？古庙幽沉，遗容俨雅，枯木寒鸦。几夕阳，邮亭下，有奸雄过此，仔细思量！

水天空阔，恨东风不借世间英物。蜀鸟吴花，残照里，忍见荒城颓壁。铜雀春情，金人秋泪，此恨凭谁雪？堂堂剑气，斗牛空认奇杰。

那信江海余生，南行万里，属扁舟齐发。正为鸥盟留醉眼，细

―――――――――――

① 参见（清）徐釚《词苑丛谈》卷六："嗟哉人生，翕欻云亡！好烈烈轰轰做一场。"

② 参见（清）徐釚《词苑丛谈》卷六："甘心降白"。

看涛生云灭。睨柱吞嬴，回旗走懿，千古冲冠发。伴人无寐，秦淮应是孤月。（《念奴娇·驿中言别友人》）

这种"为子死孝，为臣死忠"的话，诚然不免有些酸腐气，却是一团壮气。这样悲壮的词，恐怕是南宋的绝响了吧。

文人的词，已如上述。同时，南宋非文人的词，更是不可忽略的。但因为不是词人，他们的词往往是散漫的，难于搜集，也没有人搜集起来。所以有宋一代的民间词，我们现在能够见到的，除了由那些词话、丛话里找得一点零碎的记录外，那大批的民间词已经跟着时代而消灭了。现在我们就这一点词话里面找出的零碎所记录的宋民间词，便可得着当时民间词的大概趋向。只是这种民间词的时代，不很明了。有好些词我们只知道它是南宋的作品，无法指明时代的细目了。因此，我们只笼统地谈谈南宋的民间词。

南宋的民间词，尤以妓女的词为最盛。词话所载，妓女之作居多。本来妓女通文，隋唐已然，南宋尤擅此风气。大概当时的官妓与营妓，只以歌舞为职业。所谓妓者技也。歌伎容易通文，若通文则伎益矜贵。因为这种关系，南宋妓女之能词者特多，而且多半是白话词。举些词为例。

蜀妓有《送别词》云：

欲寄意浑无所有，折尽市桥官柳。看君着上征衫，又相将放船楚江口。

后会不知何日？又是男儿，休要镇长相守！苟富贵，毋相忘；若相忘，有如此酒！《市桥柳·送行》）

成都官妓赵才卿，性慧黠能词。值帅府作食送都钤，帅令才卿作词，应命立赋《燕归梁》云：

细柳营中，有亚夫华宴簇名姝。雅歌长许佐投壶，无一日不欢娱。

汉王拓境思名将，捧飞檄，欲登途。从前密约悉成虚，空剩得泪如珠。

《词苑丛谈》载：蜀妓类能文，盖薛涛之遗风也。有客自蜀挟一妓归，蓄之别室，率数日往。偶以病稍疏，妓颇疑之。客作词自解，妓用韵答之云：

说盟，说誓，说情，说意，动便春愁满纸。多应念得脱空经，是那位先生教底？

不茶，不饭，不言，不语，一味供他憔悴！相思已是不曾闲，又那得工夫咒你？（此词洪迈《夷坚志》作陆放翁妾作）

聂胜琼（宋名妓归李之问）的《鹧鸪天》词：

玉惨花愁出凤城，莲花楼下柳青青。樽前一唱阳关曲，别个人人第五程。

寻好梦，梦难成。有谁知我此时情？枕前泪共窗前雨，隔个窗儿滴到明①。

《词苑丛谈》又载：营妓马琼琼归朱延之，延之因辟二阁。东阁正室居之，琼琼居西阁。延之之任南昌，琼琼以梅雪扇题词寄之云：

雪梅妒色，雪把梅花相抑勒。梅性温柔，雪压梅花怎起头？芳心欲诉，全仗东风来作主②。传语东君，早与梅花作主人。

郑文妻孙氏的《忆秦娥》词：

花阴阴，一钩罗袜行花阴。行花阴，闲将柳带，试结同心。

日边消息空沉沉，画眉楼上愁登临。愁登临，海棠开后，望到于今③。

---

① 参见（清）朱彝尊《词综》："……樽前一唱阳关曲……枕前泪共阶前雨……"
② 参见（清）康熙皇帝御定编《御选历代诗余》卷八："全仗东君来作主。"
③ 参见（清）康熙皇帝御定编《御选历代诗余》卷十五："花深深……望到如今。"

嘉定间，平江妓送太守词云：

春色原无主，荷东风着意看承。等闲分付，多少无情风雨，又那更蝶欺蜂妒！①算燕雀眼前无数。纵使帘拢能爱护，到于今已是成迟暮。芳草碧，遮归路。

看看做到难言处，怕仙郎轻顾旌旗，易歌襦袴②。月满西楼弦索静，云蔽昆城阆府，便恁地一帆轻举。独倚阑干愁拍，碎惨玉容，泪眼如经雨③。去与住，两难诉！

郑云娘寄张生《西江月》词：

一片冰轮皎洁，十分桂魄婆娑。不施方便是如何，莫是姮娥④妒我？

虽则清光可爱，奈缘好事多磨！仗谁传与片云呵，遮取霎时则个。

---

① 参见（清）康熙皇帝御定编《御选历代诗余》卷九十六："春色原无主，荷东君着意看承。等闲分付，多少无情风与浪，那更蝶欺蜂妒！"
② 参见（清）康熙皇帝御定编《御选历代诗余》卷九十六："怕仙槎轻转旌旗，易歌襦袴。"
③ 参见（清）康熙皇帝御定编《御选历代诗余》卷九十六："泪眼如红雨"。
④ 参见（明）陈耀文《花草粹编》卷六："嫦娥"。

郑云娘又寄张生《鞋儿曲》云：

朦胧月影，黯淡花阴。独立等多时，只怕冤家乖约，又恐他侧畔人知。千回作念，万般思想，心下暗猜疑。蓦地得来厮见，风前[1]语颤声低。

轻移莲步，暗卸罗衣，携手过廊西。正是更阑人静，向粉郎故意矜持[2]。片时云雨，几多欢爱，依旧两分离。报道情郎且住：待奴兜上鞋儿！

管仲姬，赵子昂妻，子昂欲娶妾，夫人答以词云：

尔[3]侬，我侬，忒杀情多。情多处，热似火。把一块泥，捻一个尔，塑一个我。将咱两个一齐打破，用水调和。再捻一个你，再塑一个我。我泥中有尔，尔[4]泥中有我。我与你，生同一个衾，死同一个椁[5]。

① 参见（明）陈耀文《花草粹编》卷二十二："风露下"。
② 参见（明）陈耀文《花草粹编》卷二十二："向粉郎恣意矜持"。
③ 参见（清）徐釚《词苑丛谈》卷十一："你"。
④ 同上。
⑤ 参见（清）徐釚《词苑丛谈》卷十一："死同一个椁"。

　　这都是极好的白话词。虽说南宋辛弃疾一派的文人作白话词很巧妙，终究是文人的作品，不及这种民间来的白话词和非词人的白话词来得亲切滑稽有趣。要问民间词何以是白话的呢？我们可以这样解释：古典文学虽说不是我们所称许的，然而要做到读破万卷、铸经镕史的古典功夫，的确是不容易。一般平民妓女，稍习文字，作作白话词，那是比较容易的。并且那时的妓女只是歌伎，为应歌的需要容易通文。她们通文的目的，并不妄想在文里面砌上一些古典，只要能表情达意，人人听得懂便够了。（用顾颉刚的话说）因此，她们作出来的词，自然是白话词，自然作出来很滑稽很亲切有趣。只可惜我们现在欣赏这种民间白话词的机会太少了！

第七讲

论宋词的派别及其分类

（一）宋词的派别

讲到宋词的派别及其分类，虽不是新的研究，却是古人所最不注意的。古人虽然讲宗派，讲得很严，但他们文派的分别，绝不是由严格分类的结果，聚集那些同样主义、同样作风、同受一样时代环境洗礼的作家，列为一派一派。古人讲派，只分正统与别派。所谓正统，就是继承先代的文坛系统，树立几个最有名的古文学家，作为模拟的模型，后来的作家，只允许在模型内活动；这便是正统派，这是复古的。反之，若不遵照古作家的风格法则和古作品的体裁描写，而自由任意去创造的，这种没有先代文艺的根据的文体，都是别派。词的分正统与别派，就是这样分的。主旧的是正统，创新的皆别派。这种争文学地位的派，不是科学的研究，自然不能适用。此外对于宋词的派别，后人有几种分法。一种是以词体的趋向分的，分为豪放与婉约二体。其余两种是近人的分法。一种是以作者分，分为贵族文学与平民文学；一种是以文字分，分为白话与古典两派。这三种派别的分法，究竟哪一种适宜呢？是不是都有缺陷？我们在这里讨论。

1.豪放与婉约

将宋词词体分婉约与豪放二派，本是明朝张南湖的话。但在宋词中，显然有这两种趋势，宋初已然。如袁绹说"柳词须十七八女郎，唱'杨柳岸晓风残月'；苏词须关西大汉，唱'大江东去'"，这便是说柳词婉约、苏词豪放的明证。王士禛又谓婉约以易安为宗，豪放唯幼安称首。可见南北宋都有这两种词的趋势。那么，将宋词分为豪放与婉约二派，将宋词人分别隶属于此二派之下，似乎是很适宜了。然而不然，根本上宋词家便没有一个有纯粹隶属于哪一派的可能。《词筌》说："苏子瞻有铜琶铁板之讥，然其《浣溪沙·春闺》，'彩索身轻长趁燕，红窗睡重不闻莺'，如此风调，令十七八女郎歌之，岂在'晓风残月'之下？"又《爱园词话》："子瞻词豪放亦只'大江东去'一词，何物袁绹？妄加品骘！"那么，苏词可以列为纯豪放一派吗？又沈去矜云："稼轩词以激扬奋厉为工，至'宝钗分，桃叶渡'，昵狎温柔，消魂意尽……"那么，辛弃疾我们可以专称他为豪放派吗？如其我们承认词是表现思想的，则无论婉约派或是豪放派，不能概括得了。一个作家，有时当花前月下，浅斟低酌；歌筵舞席，对景徘徊；或追寻流水的芳年，或怅望故乡的情绪。这种情调，发而为词，自然是纤丽温柔，属于婉约一方面。又若有时醉里挑灯看剑，吹角连营，万里沙场，挥戈跃马；或则对大江东去，浩渺无涯，波涛万顷，吞天浴日，古昔豪杰的英爽如在，而目举不胜今昔河山之慨！这时的情调，发而为词，自然是悲壮排宕，属于豪放一方面了。所以辛弃疾、苏东坡有豪放的词，也有婉约的词。一切词人都是如此。在这里，我们既然不能说某一个词家属于某派，则这种分派便没有意义了；何况分词体为豪放与婉约，即含着有褒贬的意义呢？

2.平民与贵族

分宋词为平民文学与贵族文学，有两种说法。一种是拿作者来分别，就是说平民的作品，叫作平民文学；贵族的作品，叫作贵族文学。还有一种说法，是只就作品的精神方面看。凡是平民化的文学，它的作者是贵族也好，都叫平民文学；凡是贵族化的文学，它的作者是平民也好，都叫贵族文学。照这样看来，这两种说法都不适宜于宋词的分派。照前者说，则宋词人中除了极少数的作者，大都是贵族的词人。假如把贵族的意义说广义一点，做过官的都算数；那么，仅仅一两个词人是例外，简直可以说都是贵族的作家。至于平民的作品，据我们想象，当时一定是很发达的。但是经过时代的牺牲与散佚，到了近代，恐怕搜集全部的平民词，还抵不到一册《乐章集》。若拿平民词与贵族的词作百分比，恐怕还够不上比例。平民作品既如此贫乏，尚何平民词派的可言呢？照后者说，更为困难了。在诗歌里面，我们往往能发现平民化的文学；在词里面我们不但找不出有显著的平民意识的词，简直没有平民化的描写，除了有些词是故意用白话。因为词是抒情的，抒情是主观的。作者只能抒发自己的情感，哪能喊出他人的心声？一般词家既都不是平民阶级，过的贵族生涯，而词又不适宜于客观的描写，所以平民化的作品，不能在宋词里面发现出来。那么，在实际上平民文学已经不能在宋词里面有成立派的可能了，更何必抬出没有实际的"平民的"来夸示呢？

3.白话与古典

假如把宋词分为白话与古典两派，这果然是较适宜了。那无量数的宋词，我们可以归纳到这两类；那无量数的宋词家，我们可以归纳为这两派。虽然这种派别是近人研究文学史才倡起来的，然宋人论词已有雅俗之别。不过雅俗的标准很困难。白话即俗吗？古典即雅吗？白话不一定是俗，古典也不必即雅。只有用白话与古典来别派宋词，那是很显明易别了。可是谈到作家上面来，我们还是不能断定他的属派。说到古典吧，宋词人哪一个没有几分古典嗅味呢？那些号为古典派的，不必说了。不号称古典派的，如苏东坡、黄山谷、辛弃疾之流，白话词的创作很多，然亦何尝没有古典文艺呢？苏东坡的《贺新凉》"乳燕飞华屋"，《西江月》"玉骨那愁瘴雾"，黄山谷的《浣溪沙》"新妇矶头"，辛弃疾的《祝英台近》"宝钗分，桃叶渡"，《贺新郎》"绿树听鹈鴂"，这都是用典用事偷入古人辞句的古典词。老实说，就是这几位白话派的词人的古典词也抄不清呢！原来这些白话词人之所以作白话词，是由于他们的才气大，不屑去抄古典，胸襟豪放，不爱寻典苦吟，往往对景生情，呵气成词，这种词多半是白话，并不是他们有意地提倡白话。其实，他们还是不忠实于白话，他们还很爱作很古典的雅词。再说到白话吧，宋词人也哪一个不爱掉几句白话呢？那些所谓白话派的词人，不必说了。就是很古典式的作家，有时高兴了，也学学时髦，敲几句白话。横竖他们是以为词是小技，无关文学宏旨的。或者他给歌妓们作歌辞时，为要求她们的了解与欣赏起见，也时常作白话词。他们的用白话是这样起来的。还有在一首词内有几句像雅言，有几句又是白话，雅白夹杂在一起，好像现代人作白话时也爱掉几句文言一样。照这样看来，在宋词里面严格地分白话与古典派也是不适用的。

总之，宋词人作词是很随意的，有时高兴作作白话词，有时高兴作作古典词；有的时候词很豪放，有的时候词很婉约；没有一定的主义，没有一定的派别，我们决不能拿一种有规范的派别来限制他们。本来文学上的分派，要把那些自由创作的伟大作家，拿几个简单的字来概括全他们，自然很困难而不可能；何况比文学范围狭隘得多的词要分派别，不是更困难而且可以不必吗？于今我们掉过头来讨论宋词的分类。

（二）宋词的分类

宋词的分类，有两个分法。一种是由形式的长短分，一种是以描写的性质分。比较起来，以后者分类最为适宜。

为什么由形式的长短分类不好呢？在未批评之先，我们必先知道这种分类的内容。最初南宋人编《草堂诗余》即用这种分类法。分为小令、中调、长调。以五十八字以内为小令（或谓五十九字以内为小令），五十九字至九十字为中调，九十一字以外为长调。这种分类法，是一点道理都没有的。假如我们问：何以要五十八字以内是小令，何以五十九字至九十字为中调，何以九十一字以外为长调？我想就是创此分类法的人，也无法答复了。即假定这种分类法是对的，那么，《七娘子》调有五十八字者，有六十字者，是小令呢？中调呢？《雪狮儿》有八十九字者，有九十二字者，将为中调呢？长调呢？（引用万树《词律》语）我们不必去攻击这种分类法，这种分类法的本身，已经不能自圆其说了。

假如我们就宋词描写的对象分类，这似乎是很烦难的。在诗歌里面，一个作家，可以分几十类描写性质不同的作品。但在词里面宋词的描写，只有简单的几方面。第一因为词离不掉主观的描写，第二因为词离不掉抒情，所以宋词描写的性质，我们可以由几千首宋词里面，归纳为这么几类来。

1. 艳情词

描写两性爱的情绪和动作的。如黄鲁直的《千秋岁》《归田乐引》《好事近》，郑云娘的《西江月》《鞋儿曲》，南唐后主的《一斛珠》。

2. 闺情词

描写闺人的情绪、相思。如郑文妻孙氏的《忆秦娥》，蜀妓的

《鹊桥仙》，欧阳修的《归自谣》，李后主的《相见欢》，李易安的《一剪梅》。

3.乡思词

描写思乡的情绪和感怀。如柳永的《八声甘州》《安公子》，蒋兴祖女的《减字木兰花》。

4.愁别词

描写离别时或离别后的情绪。如毛滂的《惜分飞》，柳永的《雨霖铃》，蜀妓的《市桥柳》，周邦彦的《兰陵王》。

5.悼亡词

描写丧亡的哀感。如苏轼的《西江月》（悼朝云），《卜算子》（悼温超），李后主的《虞美人》。

6.叹逝词

描写时光的流驶、良辰美景的飞逝、芳年的难淹留。如贺方回的《青玉案》，秦少游的《江城子》《满庭芳》，王彦龄妻舒氏的《点绛唇》。

7.写景词

因为词过片时须到自叙，往往写景里面夹着抒情。如张志和的《渔歌子》，欧阳修的《采桑子》，晏同叔的《踏莎行》《清平乐》，黄山谷的《浣溪沙》，吴城小龙女的《江亭怨》。

8.咏物词

咏物词也夹着抒情。如苏东坡《水龙吟》的咏杨花，史邦卿

《双双燕》的咏燕，姜白石《暗香》《疏影》的咏梅。

9.祝颂词

康与之的《满庭芳》，晏叔原的《鹧鸪天》，柳永的《倾杯乐》《醉蓬莱》。

10.咏怀词

岳飞的《满江红》，辛弃疾的《水调歌头》《贺新郎》，无名氏题吴江的《水调歌头》。

11.怀古词

苏轼的《念奴娇》，辛弃疾的《永遇乐》《水龙吟》（《过南涧双溪楼》）。

这十一分类，大概宋词可以概括着了。前八类是属于婉约一方面的，是优美的、女性的、殉情的词；后两类是属于豪放一方面，是壮美的、男性的、英雄的词。这是作品的分类。现在我们把作者与作品的分类，联合着列为一个简单明了的分类表。

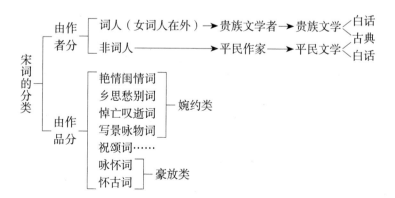

第八讲

宋词之弊

　　宋词的价值，我们由第一讲《研究宋词的绪论》，已略知梗概。在第六讲《宋词概观》里面，更分析地说明介绍了一个时代优秀不朽的作品及其作风。并且在下篇《宋词人评传》中，我们更要详细尽量介绍许多伟大的宋词作家。故关于宋词赞美的、如何有价值地批评，已经不必赘事讨论。但是，宋词便没有弊点吗？自然是有的。宋词的弊点，我们至少可以从宋词的颓废发见出来。

　　据我的观察，宋词有两个本体上的病根，有两个现象上的弊点。本体的病根是：

（一）音数的限制

　　拿诗歌来说，近体诗如律诗、绝句均有音数的限制。古体诗如古风乐府即篇幅长短自由，音数没有一定。所以要表现伟大的思想想象、丰富的情感，只能在古体诗里面抒写出来，近体诗是不可能的。词便与近体诗陷于同样的缺陷。词虽有小令、中调、长调长短不同，每一个调牌的音数却是一定不易的。并且长调最长的如《莺啼序》之类，也不过二百余字呢。所以想在词里面表现一种复杂的思想、情绪，或是叙述复杂的意境和事实，也是不可能的了。我们看《六一词》里面用《渔家傲》的调子来描写牛郎织女的故事，写了一首，还表现不够，又写一首，还表现不够，又写一首，叠合三首词牌，才表现一个完全的意境，不能在一首词里面表现出来，便可以发现词的音数限制的坏处了。我们常常读了一首词，觉意早已穷，而硬凑上几句无意义的话，而完成一个调子的。著名的词人姜白石便不免常有此病。又常有一首词，辞完了，还有许多意思应该表现，而篇幅不允许的。这都是音数限制的缺陷。

（二）声韵的限制

中国的各种文体，讲究声韵最严格的要算是词了。李清照云："诗文只分平仄，而歌词分五音，又分五声，又分音律，又分清浊轻重。且如近世所谓《声声慢》《雨中花》《喜莺迁》既押平声韵，又押入声韵；《玉楼春》本押平声韵，又押去声韵，又押入声；本押仄声韵，如押上声则协，如押入声则不可歌矣。"这是何等严格的音律。因此，就是宋代词人的词，也往往不能协律了。音律严格，在音乐上本来是很需要的，而在文学上，为了迁就严格的音律，便不免削减许多意境。这又是一种缺陷。

（三）描写对象的狭隘

照上面宋词的分类，宋词所描写的对象，不过是"别愁""闺情""恋爱"的几方面而已。我们不但不能在宋词里面发现和《孔雀东南飞》一样的长篇叙事诗来，就是杜工部、白香山那种描写平民痛苦的作品，也没有。不但没有描写平民痛苦的作品，就是五七言律诗所能够抒写怀抱壮志的作品，也很难在宋词里面发现。这虽说是词的体裁，不适宜于那样的描写，却可以证明词描写对象的狭隘。沈伯时说："作词与作诗不同，纵花草之类，亦须略用情意，要入闺房。"金元鼎说："词以艳丽为工。"这更可证明词只是艳科。虽有苏轼、辛弃疾辈打破词为艳科之目，起而为豪放的词，但当时舆论均说是别派，非是正宗。并且能豪放词者，在宋一代也只有苏辛几个人呢。文学的对象，应该是人生的全部。宋词的描写乃只偏于最狭义最局部的贵族的人生，这不但不够读者的欣赏要求，也就十分限制了天才作家的发展。

（四）古诗辞意的模袭

词家多翻诗意入词，虽名流不免。如秦少游最著名的"斜阳外，寒鸦数点，流水绕孤村"，系用隋炀帝诗"寒鸦千万点，流水绕孤村"；欧阳修的"泪眼问花花不语"，系本严恽诗"尽日问花花不语"；晏叔原《浣溪沙》"户外绿杨春系马，床头红烛夜呼卢"，则本于韩翃诗"门外绿杨春系马，床前红烛夜呼卢"，仅仅改换两个字；苏轼的《点绛唇》后半阕，全套汉武帝的《秋风辞》；辛弃疾的《贺新郎》全与李白《拟恨赋》相似；周邦彦则人家说他"颇偷古句"。这些都是有宋第一流的词家，都不免翻"诗意"或"诗句"入词。《艺苑雌黄》还说是"名人必无杜撰语"。其实这种抄袭的模拟，正是宋词的大病。

宋词既然有了这种种的缺陷，加上晚宋讲究词派（或尊姜白石，或宗周邦彦，或学辛弃疾），讲究词法（如沈伯时《乐府指迷》云"说桃不可直说'桃'，须用'红雨''刘郎'等字"之说，张叔夏"清空""质实"之说），作品之陈腐，一律千篇，无非为前人作书记。其下者书记还不如呢！这正如晚唐西昆诗之发展一样，国家要亡了，而他们这些文人乃沉醉于象牙之塔，高唱他们的艳歌，不知时代是何物。这不是宋词的厄运最后的临到了吗？

由宋词蜕化到元曲，这些宋词的弊点都给元曲打破或改善了。元曲最初的官本杂剧，即是以词牌重叠成套。如董颖《宫薄媚大曲》一套，史浩鄮峰《大曲》有剑舞、采莲等七套（见《彊村丛书》），皆以数曲来代一人的言语，表示一个意义，或专叙一件故事，以补助词的音数限制的缺陷。到了后来由大曲变为董西厢及元人套数杂剧，竟连词牌也废去不用了。严格的声韵也解放了不少。至于描写的对象，那么，戏曲是综合的艺术，它所描写的是社会的一个历程或人生生活的一截段，无论喜剧悲剧，都包括在里面，描写的对象扩大得多了。描写的工具，他们也用的当时的白话。虽也不免用前人语，但不像宋词的袭模唐诗了。总归一句，元曲是应宋词之弊而兴起，所以改善了宋词根本的不合用，和许多末流的弊点。我们但知词曲之递变，是由音乐的关系；不知道在文学体裁的变迁上，曲也应该代词而兴呢！

下篇　宋词人评传

第九讲

引论

　　研究宋词的起源、发达、变迁及其衰落的原因和状态，这是动的研究，已著为上篇《宋词通论》了。就宋词的作家及其作品，一一加以分析的与考察的研究，这是静的研究。这种工作打算从这里做起，著为下篇《宋词人评传》。

　　实在要作《宋词人评传》并不是一件容易的事，至少有六个困难在：

　　（一）选词人之难。有宋一代之文学，词为最盛。词的作家，何止百千？虽经过时代的散佚与淘汰，据陈直斋《书录解题》著录，南北宋总别集不过一百七家，即后来遗佚间出，《词林万选》杨慎序竟谓"慎家藏唐宋五百家词"，然时至今日，即尽收各词家遗佚，并包括各总集别集计算，至多亦不过二百家词而已。以有宋词业之盛，仅仅留下不到二百的词家，自然要算贫乏。但在现在的我们，想从二百家词里面，选出几分之几的代表，来作评传，这就不免困难了。第一，我们不能拿著名与不著名的标准来选作家，因为不著名里面，往往潜伏着极伟大的作者。第二，我们也不能拿词派来作选词家的标准，因为词派不能决定作家的优劣，即在同一词派内也有高下判殊的作者。这是作《宋词人评传》的第一个困难。

（二）考词人身世之难。就算选出了一些适当的作家，来作评传了。那么，劈头一个困难，我们对于那些词人的身世一定是茫然的很多。虽然有《宋书列传》，虽然有《宋史·文苑传》，然而在那里，除了几个词人有传外，大词人如柳永、李清照都没有传。在别的书上，也很难考见关于词人的身世。这是作《宋词人评传》的第二个困难。

（三）评论词人之难。从来对于词人的评论，往往因主观的好恶而不同。或因派别的歧异，而肆加丑诋；或因师友的阿私，而妄发褒辞。就如吴梦窗吧，张叔夏讥其词为"七宝楼台，炫人眼目，碎拆下来，不成片段"，《四库提要》则推为"词家之有文英，亦如诗家之有李商隐"。同是一个词人，而后人有极矛盾不同的评论。究竟哪一说对呢？又如比较作家的批论。陈后山说："今代词家，惟秦七黄九。"彭羡门则云："黄不及秦远甚。"又如贺黄公说：美成视淮海不徒婢姒而已。"有人则云："美成深远之致不及少游。"究竟哪一说对呢？这是作《宋词人评传》的第三困难。

（四）选作品之难。"从来佳处不传，不但沦隐之士，名人犹抱此恨"，是选作品怎样的困难呢！"北宋有无谓之词以应歌，南宋有无谓之词以应社"（周保绪语），这样粗制滥造，恐怕是文人的通病吧。是选词又怎样的困难呢！固然这些应歌应社的词，也未尝没有好的词，碧山《齐天乐》之咏蝉、玉潜《水龙吟》之咏白莲，皆为社中作，周美成的《兰陵王》、苏东坡的《贺新凉》皆当筵命笔，冠绝一时。然而也未尝没有坏词，即如东坡集子里的和韵、次韵的应酬词居多。并且有许多回文词。在《如梦令》里面，原来是咏沐浴的水垢的。这自然在词品中要算下下。所以要在词里面沙里淘金，选出能够代表作家的个性及其思想的词，和能够代表作者文艺上最高造就的词，这也是一个困难。

（五）考作品真伪之难。宋人的词往往互见集中，或己集插入别作，或别集杂入己作，真伪很难明了。即如《六一词》集子里的艳歌，或谓刘辉作，或谓为别有仇人作，或谓为欧公自作，至今还是"存疑学案"。其他与《阳春录》《乐章集》《淮海词》诸词集相夹杂的，简直很难有方法分出最后的真伪来。至于调名之考证，字句之校勘麻烦琐碎，更难可考！这是作《宋词人评传》的第五个困难。

（六）评论作品之难。评论作品，亦因主观而歧义。刘过《沁园春》，岳珂讥其"白日见鬼"，《吹剑录》则云："此词虽粗，而局段高，与三贤游，固可睨视稼轩，视林白之清致，则东坡所谓淡妆浓抹已不足道！"姜白石的《暗香》《疏影》，张叔夏称其"前无古人，后无来者，自立新意，真为绝唱"，《人间词话》则云："调虽高，然无一语道著。"至张叔夏处处讥梦窗不曰"用字大涩"，即云"此词疏快不质实"，这又是左袒白石的党见了。李清照的《声声慢》极受时人的热烈称赏，而蒿芦师则谓"此词颇带俗气，昔人极口称之，殆不可解"。就是同欣赏一首词吧，见解也不一定一样，如东坡最赏识少游《踏莎行》的"郴江幸自绕郴山，为谁流下潇湘去"，近人王国维则激赏其前二语——"可堪孤馆闭春寒，杜鹃声里斜阳暮"，谓词境凄厉，东坡赏其后二语，犹为皮相。这样议论纷纭，莫可究诘。欣赏之难，评论犹难。这是作《宋词人评传》的第六个困难点。

因为有许多困难，我们便停止作《宋词人评传》的工作吗？不，不然。我们不能因噎废食，对于这些困难至少应有相当的解决。

（一）选词人定标准有二：一有历史价值的作家，就是对于当代影响大的作家；二有现代文艺价值的作者，就是作者的作品合于现代文艺之欣赏的。

（二）考词人身世，除历史上已有详细的著录者外，词人的生卒传略，我们尽力搜集散在各丛谈、词话的零碎记载，就其可靠的组成系统。其无可考者则只有阙疑。

（三）评论词人，不囿于派别，不讲宗社，只就作者作品全体的综合，拿来与各家的评论比较，定为最后的结论。

（四）选作品亦有两个标准：（A）代表艺术的；（B）代表思想的作品。

（五）就最精的刊本，或就几种刊本比较，或从词话里面的校勘。

（六）评论作品，我们适用近代文学批评的眼光来评论词。应该摒除古典的、模拟的作品，欢迎创造的、白描的作品。同时也不可不顾及古人的议论，因为他们的见解，至少有它的时代价值。

现在我们照着这些标准往下工作吧。

第十讲

词人柳永

　　如其艺术的动机果然是要求理想的实现，果然是不满足的创造，果然是生命的追求，那么，理想是永远不能实现的，不满足永远是不满足的，生命的追求不也是枉然的吗？若是一个感觉敏锐的天才创作家，他对于社会人生，只有恋爱，只有痛恨，只有悲观，只有失望了。"人生愁恨何能免？销魂独我情何限！"所以古今往来的诗人赋客，多半是沉湎在哀感里过活；他们的作品，也多半是哀感的表现。举例说吧，就如纳兰性德，他是皇室宗族，父居显要，家庭无故，自己又是年少才华，境遇不能算不好了；而他的作品之所表现的，尽是带着阴霾的情调。又如陶渊明，他自己说是"富贵非吾愿""性本爱丘山"，总算很能怡然自乐了；而他的作品，也熏染着浓厚的悲哀色彩。环境如纳兰性德，达观若陶渊明，尚且"未免有情，谁能遣此"，更何况我运命多舛生平潦倒的柳耆卿呢？

　　且让我们来叙述这位伟大的词人的生平及其作品吧。

　　"耆卿初名三变，后更名永。"（见陈后山《后山诗话》）——但叶梦得《避暑录话》云："永字耆卿，后改名三变。"后山与梦得均系宋人，而后山略早。并且《福建通志》《四库提要》《词综》均作"初名三变，更名永"。比较起来，叶氏之说，未免孤立，故用陈氏说。——福建崇安人。（《词综》作乐安误）父宣擢，官至工部。他的生卒年月已不可考。从他的"晚第"看来，他是公元一千零三十四年的进士，大约他的生年在公元一千年左右。官至屯田员外郎。这在北宋词人中间，禄位要算最低的了。

耆卿在少年时的生活，原也是很浪漫的。《避暑录话》载他"为举子时，多游邪狎，善为歌辞。每得新腔，必求永为辞，始行于世。于是声传一时"。原来柳永在他的青年时代，词便已享盛名了。但是文人自古多穷，耆卿又何能逃此公例？耆卿的词，虽已享盛名，然"仁宗留意儒雅，务本理道，深斥浮艳虚华之文。三变好为淫冶之曲，传播四方，尝有《鹤冲天》词云'忍把浮名，换了浅斟低唱'，及临轩放榜，特落之曰：'此人风前月下，好去浅斟低唱，何要浮名？……"（《能改斋漫录》）这是柳耆卿政治活动的第一厄运。

其后，耆卿的词名传到宫禁里去，《后山诗话》又载："柳三变游东都南北二巷，作新声乐府……遂传禁中。仁宗颇好其词，每对必使侍从歌之再三。三变闻之，作宫词号《醉蓬莱》，因内官达后宫，且求其助。仁宗闻而觉之，自是不复歌其词矣。会改京官，乃以无行黜之。"这是耆卿政治活动的第二厄运。

复次，"耆卿为屯田员外郎。会太史奏老人星现，秋霁，晏禁中。仁宗命左右词臣为乐章。内传属耆卿应制。耆卿方冀进用，作此词奏呈。上见首有渐字，色若不怿。读至'宸游凤辇何处'，乃与御制真宗挽词暗合，上惨然！又读至'太液波翻'，曰'何不言波澄'？投之于地，自此不复擢用"。这是耆卿政治活动的第三厄运。

以耆卿之心切求名，却又不会体贴君意，不解摹拟圣旨，只凭自己的才华，想博得人主的欢心，以故三次因词激怒仁宗，功名自然无望了。但耆卿却如何心服，他答晏殊的问作曲便说"只如相公亦作曲子"，可见他的愤愤不平了。原来晏殊能词而做大官，耆卿能词则反因此而官只屯田员外郎，终身潦倒，何一幸一不幸呢？

功名既是绝望，从此耆卿便流落不偶了，从此便真是在花前月下浅斟低唱了，从此便流连于歌舞场中尽量发挥他的文艺天才，以博得名妓的青盼，在普遍社会上要求普遍的欣赏了。他制的词很多，但不外描写"哀感"与"惆怅"：

洞房记得初相遇，便只合，长相聚。何期小会幽欢，变作别离情绪。况值阑珊春色暮，对满目乱花狂絮。直恐好风光，尽随伊归去。

一场寂寞凭谁诉？算前言，总轻负！早知恁地难拼，悔不当初留住。其奈风流端正外，更别有系人心处。一日不思量，也攒眉千

度。（《昼夜乐》）

冻云黯淡天气，扁舟一叶，乘兴离江渚。渡万壑千岩，越溪深处。怒涛渐息，樵风乍起，更闻商旅相呼。片帆高举，泛画鹢，翩翩过南浦。

望中酒旗闪闪，一簇烟村，数行霜树。残日下，渔人鸣榔归去。败荷零落，衰杨掩映，岸边两两三三浣纱游女，避行客，含羞相笑语。

到此因念，绣阁轻抛，浪萍难驻。叹后约丁宁竟何据？惨离怀，空恨岁晚归期阻。凝泪眼，杳杳神京路，断鸿声远长天暮。（《夜半乐》）

望处雨收云断，凭栏悄悄，目送秋光。晚景萧疏，堪动宋玉悲凉。水风轻，蘋花渐老；月露冷，梧叶飘黄。遣情伤，故人何在？烟水茫茫！

难忘文期酒会，几辜风月，屡变星霜。海阔天遥，未知何处是潇湘！念双燕，难凭远信；指暮天，空识归航。黯相望，断鸿声里，立尽斜阳。①（《玉蝴蝶》）

---

① 参见（清）上彊村民选编《宋词三百首》："……几孤风月，……难凭音信……"

　　闲窗漏永，月冷霜华堕。悄悄下帘幕，残灯火。再三追往事，离魂乱，愁肠锁，无语沉吟坐。好天好景，未省展眉则个。

　　从前早是多成破，何况经岁月相抛嚲。假使重相见，还得似当初么？悔恨无计，那迢迢长夜，自家只恁摧挫！①（《鹤冲天》）

　　这些词，都要算是耆卿身世的表现。虽则在耆卿词里有云"忍把浮名，换了浅斟低唱"，究竟还是有心功名的。乃再三受黜，名场失意，自然郁悒寡欢。虽与群妓为伍，亦不过聊以解愁。所以在词里面，处处表现他的"哀感"。又耆卿生于福建，长游汴洛，功名未立，故乡万里，既无缘归去，如何不动乡愁？因此耆卿又常发"望故乡渺邈，归思难收""想佳人妆楼颙望，误几回天际识归舟"的长叹了。

　　这般地流浪，这般地沉醉于歌舞场以了残生，一代的词人柳耆卿终于在湖北襄阳停止他的生命创造了。他死后萧条，葬资亦无所出，群妓争酿金葬之于枣阳市花山。每遇清明时节，多载酒肴饮于耆卿墓侧，谓之"吊柳会"。渔洋诗云："残月晓风仙掌路，何人为吊柳屯田？"耆卿虽潦倒一生，而得名妓之崇爱，死后犹眷念不忘，也许耆卿在九泉下要微笑吧！（按耆卿葬地，《避暑录话》

---

① 参见（明）陈耀文《花草粹编》卷十六："……还得似旧时么？……那迢迢良夜……"

《独醒杂志》《福建通志》《方舆胜览》所载均不同。)

以上略考述耆卿的身世既竟,现在要谈到他词的创作工程了。其词陈振孙《书录解题》载《乐章集》三卷,《四库提要》云今止一卷,盖毛晋刊本所合并也。(《结一庐书目》载元刊本九卷,北宋本多六卷。)宋词之传于今者,唯此集最为残阙。夫既沦落不偶于生前,复受文字之摧残于死后,何耆卿之不幸呢?

在我们还没有批评到柳词,必先看柳词之时代性怎样。换言之,是问柳词及于他那个时代的影响如何。

叶少蕴云:"尝见一西夏归朝官云:'凡有井水处,即能歌柳词。'"

陈后山云:"柳三变作《新乐府》,骫骳从俗,天下咏之。"

《却扫编》云:"刘季高侍郎,宣和间,尝饭于相国寺之智海院。因谈歌辞,力诋柳氏,旁若无人者。有老宦者闻之,默然而起,徐取纸笔跪于季高之前,请曰:'子以柳词为不工者,盍自为一篇示我乎?'刘默然无以应。"

《乐府余论》:"耆卿失意无俚,流连坊曲。遂尽收俚俗语言,编入词中,以便伎人传习。一时动听,散播四方。"

由这几段话,我们可以明白"有井水处,即能歌柳词",则柳词传播之广,可以概见了。为什么柳词这样受当代欢迎呢?"骫骳从俗""尽收俚俗语言,编入词中",这就是柳词受当代欢迎之原因,也就是柳词的特色。柳词运用白话的描写,其特色有可述者,第一，是不落前人窠臼。若作雅词，词句必有所本。即不有意摹拟，亦易落前人窠臼。白话词则不然。尤其在柳永这个时代，白话词的创作，还在开始，耆卿之白话词既是"骩骳从俗"，自然不会抄袭前人，而自作新语。第二，是白话词的普遍性。那是做成"有井水处，即能歌柳词"的原因。此外柳词更有艺术上的特点，就是白话描写的技术。

五代的词，如《花间词》《延巳词》《南唐二主词》，那都是小令，写一瞬间的情思。对于物界虽有描写，而词体却不容许他作铺张的拟摹。到了柳耆卿才推衍小令为长词。（宋翔凤云："先于耆卿如韩稚圭、范希文作小令，惟欧阳永叔间有长调。罗长源谓多杂入柳词，则未必欧作，余谓慢词当始于耆卿矣。"慢词即长词。）耆卿在长词里面的描写，最能够将一种很平常的境界艺术化、美化出来。例如《八声甘州》："对潇潇暮雨洒江天，一番洗清秋。渐霜风凄紧，关河冷落，残照当楼。是处红衰翠减，苒苒物华休！惟有长江水，无语东流……"不过是晚景，不过是暮秋，而耆卿写来，暮秋的萧瑟、晚景的寂寥，已极寓悲凉之意，更加上过片一大段，"不忍登高临远……"主观的诉情，便越发能够动人了。我们知道李后主的词，也和耆卿一样地描写哀感。但二人描写的内容与方法绝对不同：李后主是由圣洁的挚情、极沉痛的哀感，婉约地、简质地表现出来，这是李词；耆卿则由他那流浪的生涯、沉沦的痛苦，铺张缠绵地描写出来，这是柳词。二者创作的方式虽不同，而词的成功却是一样。

耆卿不但能够表现哀感的境界，也能够表现乐观的、绝美的境界。

东南形胜，江吴都会，钱塘自古繁华。烟柳画桥，风帘翠幕，参差十万人家。云树绕堤沙，怒涛卷霜雪，天堑无涯；市列珠玑，户盈罗绮竞豪奢。

重湖叠巘清嘉，有三秋桂子，十里荷花。羌管弄晴，菱歌泛夜，嬉嬉钓叟莲娃。千骑拥高牙，乘醉听箫鼓，吟赏烟霞。异日图将好景，归去凤池夸！（《望海潮》）

黄金榜上，偶失龙头望。明代暂遗贤，如何向？未遂风云便，争不恣狂荡。何须论得丧？才子词人，自是白衣卿相。

烟花巷陌，依旧丹青屏障。幸有意中人，堪寻访。且恁偎红倚翠，风流事，平生畅。青春都一饷，忍把浮名，换了浅斟低唱。[1]（《鹤冲天》）

《望海潮》系耆卿呈孙相何词（时孙帅钱塘），有"三秋桂

---

[1] 参见（清）康熙皇帝御定编《御选历代诗余》卷五十三："……争不恣意狂荡……依约丹青屏障……青春都一晌……"

子，十里荷花"之句。此词流播，金主闻之，欣然起投鞭渡江之志。（见《钱塘遗事》）《鹤冲天》词乃耆卿得罪仁宗的一首词。这两首词，一首写繁华的美景，一首写浪漫的乐感，在宋词里面要算是最稀有的。范镇尝云："仁宗四十二年太平，镇在翰苑十余载，不能出一语歌咏，乃于耆卿词见之。"可知耆卿此种词正是时代文学。

现在我们更看后人对于柳词的批评怎样。

黄叔旸云："耆卿长于纤艳之词，然多近俚俗。"

孙敦立云："耆卿词虽极工，然多杂以鄙语。"

刘潜夫云："耆卿有教坊丁大使意。"

李端叔云："耆卿词铺叙展衍，备足无余，较之《花间》所集，韵终不胜。"

周济云："北宋主《乐章》，情景但取当前，无穷高极深之趣。"又云："柳词以平叙见长，或发端，或结尾，或换头，以一二语句勒提，掇有千钧之力。"又云："耆卿铺叙委婉①，言近意远，森秀幽淡之趣在骨。"

项平斋云："杜诗柳词皆无表德，只是实说。"

陈直斋云："柳词格不高，而音律谐婉，词意妥帖，承平气象，形容曲尽。尤工于羁旅行役。"

---

① 参见（清）周济《介存斋论词杂著》："耆卿为世訾謷久矣，然其铺叙委婉"。

宋翔凤云：“柳词曲折委婉，而中具浑沦之气，虽多俚语，而高处足冠横流，倚声家当尸而祝之。如竹垞所录，皆精金碎玉，以屯田一生精力在是，不似东坡辈以余事为之也。”

以上抄了八条评论。由前面三说“近俚俗”“杂鄙语”，这不但无损于耆卿的词，反正是耆卿词的优点。现归纳上项评论，参以己见，得一最后的柳词评论。

“柳耆卿是一个词人，——只是一个词人——他的词完全是自己身世的表白。从艺术的立足点看，耆卿能够运用白话的描写，把很普遍的意境和想象铺张地表现出来，而融化情感于景物之中。虽然没有什么新的创意，格调也不高，但形容曲致，音律谐婉，工于羁旅行役，能够表现苦闷的情调。这便是柳词的成功。”

述《词人柳永》既竟，未免疏略。但也是没法。柳耆卿虽为一代的大词家，但当时的人很瞧不起词，说是小技，若是只以词名世，做一个光棍词人，更难得世人的激赏。所以耆卿的生平，《宋史·文苑传》居然无载，作品也散佚不堪！呵呵，我们能不为这位大词人抱冤呼屈吗？

第十一讲

晏殊、晏幾道的小词

在上篇我们说过北宋的小词，承接五代的绪余而发达，臻于极盛的境界。现在我们讲到北宋小词的宗家，晏氏父子——晏殊与晏幾道。

北宋词人，大抵以长词著。如柳耆卿、苏东坡、周邦彦或以"铺叙"见称，或以"豪放"擅名，大都在长词里面表现他们的特色。至于小词的创作，只有晏氏父子、欧阳修、李易安几个人有很好的产品。所以当叙述晏氏的词，很觉稀罕呢！二晏词集里面，原也未尝没有长词，但很少而且没有什么价值。所以我们的叙述，只限于他俩的小词一方面。

晏殊字同叔（谥元献），江西抚州临川人（公元九九一年至公元一〇五五年）。统计他的生平，不能说他是一个文学家，他是一个政客。不过他青年时才名很大，他所以取得政治上的地位，也就是因他的文才，为进身之阶。

《宋史·晏殊列传》云：

殊七岁能文。景德初以神童荐，召与进士千余人并试廷中，殊神气不慑，援笔立成。帝嘉赏，赐同进士出身。①

　　同叔年少才华，早年显达，受人主的特遇，历居显宦要职，官拜集贤殿学士同中书门下平章事兼枢密使。这比起坎坷潦倒、屡遭罢斥的柳耆卿来，真有幸有不幸呢！《宋史·晏殊列传》又有一段记录晏殊之为人及造诣：

　　殊平居好贤。当世知名之士，如范仲淹、孔道辅皆出其门。……殊性刚简，奉养清俭。……文章赡丽，应用不穷。尤工诗。闲雅有情思。晚岁，笃学不倦。

　　可见同叔虽然在政治界很活动，依然书生本色。他著文集二百四十卷。又删次陈以后名家述作，为集选百卷。有《临川集》《紫微集》。但这都不足以名同叔，能够代表同叔文学上的成就的，还是那些自由写成的小词——《珠玉词》。

　　同叔的词，从五代的小词脱胎而来。尤其是冯延巳，他受延巳词的影响最大。《贡父诗话》云："元献尤喜冯延巳歌词，其所自作，亦不减延巳乐府。"但却不是模拟延巳。同叔词自有他的风

------

① 核查《宋史·晏殊列传》，原文为："晏殊，字同叔，抚州临川人。七岁能属文，景德初，张知白安抚江南，以神童荐之。帝召殊与进士千余人并试廷中，殊神气不慑，援笔立成。帝嘉赏，赐同进士出身。"

格，与五代词人作风，都不相同。因为他的生活很丰满，绝不是柳耆卿那样的沦落生涯，他的描写是很优美的，很轻淡的，而不是壮美与深刻的。据同叔自己说，他不会作"拈绒伴伊坐"的词。他的儿子晏叔原也替他父亲吹嘘："先君平日小词虽多，未尝作妇人语也。"但纵览《珠玉词》，很绮艳轻佻的作品很不少。可知同叔未尝不作情语，未尝不作妇人语，虽然父子都相隐晦。现举几首实地的词例来：

　　三月和风满上林，牡丹妖艳值千金。恼人天气又春阴！
　　为我转回红脸面，向谁分付紫台心？有情须殢酒杯深！①（《浣溪沙》）

　　金风细细，叶叶梧桐坠。绿酒初尝人易醉，一枕小窗浓睡。
　　紫薇朱槿初残②，斜阳却照栏干。双燕欲归时节，银屏昨夜微寒。（《清平乐》）

　　碧海无波，瑶台有路，思量便合双飞去。当时轻别意中人，山长水远知何处？
　　绮席凝尘，香闺掩雾，红笺小字凭谁附？高楼目尽欲黄昏，梧

————————————

① 参见（宋）晏殊《元献遗文》："为我转回红粉面，向谁分付紫檀心？……"
② 参见（清）上彊村民选编《宋词三百首》："紫薇朱槿花残……"

桐叶上萧萧雨。（《踏莎行》）

　　槛菊愁烟兰泣露，罗幕轻寒，燕子双飞去。明月不谙离别苦①，斜光到晓穿朱户。

　　昨夜西风凋碧树，独上高楼，望尽天涯路。欲寄彩笺无尺素，山长水阔知何处？（《蝶恋花》）

　　这些词里有情语，有妇人语。由这些词看来，可以知道同叔的生活，是如何的优美有诗意。从词中能够看出作者那种十分雍容闲雅的生活态度。虽然作者也不免追思过去，也感发愁怀，不免写几道感伤的小词：

　　淡淡梳妆薄薄衣，天仙模样好容仪，旧欢前事入颦眉。
　　间役梦魂孤烛暗②，恨无消息画帘垂，且留双泪说相思！（《浣溪沙》）

　　时光只解催人老，不信多情；长恨离亭，滴泪春衫酒易醒。
　　梧桐昨夜西风急，淡月胧明；好梦频惊，何处高楼雁一声？（《采桑子》）

① 参见（清）康熙皇帝御定编《御选历代诗余》卷三十九："明月不谙离恨苦"。
② 参见（宋）晏殊《珠玉词》："闲役梦魂孤烛暗"。

这种"伤春""愁别"的情绪，是人生普遍的情感、艺术的根源，人人都会有的。同叔不过在富贵里面，故意说几句寒酸话，不是愁人旅客的自诉。而因他的生活安定丰满之故，这点薄膜的愁绪的感觉，也是不容久占于他的心灵的，很容易得着慰安。

秋光向晚，小阁初开宴。林叶殷红犹未遍，雨后青苔满院。
萧娘劝我金卮，殷勤更唱新词。暮去朝来即老，人生不饮何为？（《清平乐》）

昨日探春消息，湖上绿波平。无奈绕堤芳草，还向旧痕生。
有酒且醉瑶珑①，更何妨檀板新声？谁教杨柳千丝，就中牵系人情。（《相思儿令》）

文学原是生活的表白，只要将生活表现得像真，表现时加上一层艺术美化，就算好词。然如晏同叔的词，只安于自满自足的生活的表白，实在缺乏生活之力。我们虽不主张文学篇篇是写"悲观"，篇篇写"情绪"，同时也喜欢写"乐观"、写"希望"的作品；但是同叔这样一味自满自足地表现，没有内部生命的追求，好像描写一块死去的平面，没有生活的动力了。

---

① 参见（清）康熙皇帝御定编《御选历代诗余》卷十七："有酒且醉瑶觥"。

绿树莺声老，金井生秋早。不寒不暖，裁衣按曲，天时正好。况兰堂逢著寿筵开，见炉香缥渺①。

组绣呈纤巧，歌舞夸妍妙。玉酒频倾，朱弦翠管，移宫易调。献金杯重叠祝长生，永逍遥奉道。（《连理枝》）

庆生辰，庆生辰是百千春。开雅宴，画堂高会有诸亲。钿函封大国，玉色受丝纶。感皇恩，望九重天上拜尧云。

今朝祝寿，祝寿数比松椿。斟美酒，至心如对月中人。一声檀板动，一炷蕙香焚。祷仙真，愿年年今日喜长新。（《拂霓裳》）

如此的词，读起来很觉酸腐。比较柳耆卿词那种苦闷的缠绵、东坡词那种高旷的情思，自不可同日语。即比较他儿子幾道的词，也是"老凤不及雏凤"呢！

往下讲晏幾道的词。

幾道字叔原，号小山，晏殊的第七子。他没有晏殊那样在政治上的耀显，官只至监颍昌许田镇。有《小山词》一卷。

《江西通志》载晏幾道"能文章，善持论，尤工乐府。其《小山词》清壮顿挫，见者击节，以为有临淄公风"。这里说幾道有晏殊的风度。晏殊一代老臣禄高位显，世人崇拜他，遂并崇颂其词。

———————————

① 参见（宋）晏殊《珠玉词》："见炉香缥缈"。

殊词固有值得称道之所，若专就词论词，则幾道的词实高出其父一筹。不过幾道词受殊词的影响确实不小，只因二人的个性绝对不同，所以幾道的词风与晏殊不是一样的风格。

议到幾道词，必先谈到幾道的性格是怎样。黄山谷序《小山词集》谓幾道有四痴："仕宦连蹇，而不一傍贵人之门，是一痴也；论文自有体，不肯一作新进士语，此又一痴也；费资千百万，家人饥寒，而面有孺子之色，此又一痴也；人百负之而不恨，己信人，终不疑其欺己，此又一痴也。"

由此，我们可以知道幾道是一个孤洁耿介之士，同时，又是一个抱着赤子之心的真人。这已经具文学者的天性了，加上艺术的天才、表现的技巧，以成功他的词。怪不得黄鲁直要说"叔原乐府，寓以诗人句法，精壮顿挫，能摇动人心。合者《高唐》《洛神》之流，下者不减《桃叶》《团扇》"呢！且看他的词：

西楼月下当时见，泪粉偷匀；歌罢还颦，恨隔炉烟看未真。

别来楼外垂杨缕，几换青春；倦客红尘，长记楼中粉泪人。
（《采桑子》）

醉别西楼醒不记，春梦秋云，聚散真容易。斜月半窗还少睡，画屏闲展吴山翠①。

---

① 参见（清）上彊村民选编《宋词三百首》："画屏闲展吴山翠"。

衣上酒痕诗里字，点点行行，总是凄凉意。红烛自怜无好计，夜寒空替人垂泪！（《蝶恋花》）

小绿问长红①，露蕊烟丛，花开花落昔年同。惟恨花前携手处，往事成空！

山远水重重，一笑难逢，已拼长在别离中。霜鬓知他从此去，几度春风？（《浪淘沙》）

留人不住，醉解兰舟去。一棹碧涛春水路，过尽晓莺啼处。

渡头杨柳青青，枝枝叶叶离情。此后锦书休寄，画楼云雨无凭。（《清平乐》）

妆席相逢，旋匀红泪歌金缕。意中曾许，欲共吹花去。

长爱荷香柳色殷桥路，留人住。淡烟微雨里，好个双栖处。（《点绛唇》）

身外闲愁空满，眼中欢事常稀。明年应赋送君诗，细从今夜数，相会几多时。

浅酒欲邀谁劝？深情唯有君知！东溪春近好同归，柳垂江上影，梅谢雪中枝。（《临江仙》）

---

① 参见（清）朱彝尊《词综》："小绿间长红"。

小令尊前见玉箫，银灯一曲太妖娆。歌中醉倒谁能恨？唱罢归来酒未消。

春悄悄，夜迢迢，碧云天共楚宫腰。梦魂惯得无拘检，又踏杨花过谢桥。（《鹧鸪天》）

这样的表现，"梦魂惯得无拘检，又踏杨花过谢桥""淡烟微雨里，好个双栖处"，可见幾道是如何浪漫的思想。幾道不比晏殊任大官职，为社会观瞻所系，处处受拘束，不敢自由表现他的情绪之流。他只做过一任小官，在社会没有什么地位，在自由的艺园里，可任意发抒他的思想和天才。所以我们现在读了《小山词》，很容易发现幾道的个性有几分痴癫。有人说"小山矜贵有余"，此语实为皮相，幾道实词中之狂者也。

前人最欣赏《小山词》者，有毛晋记录的一段话："诸名胜集，删选相半。独《小山集》直逼《花间》，字字娉娉袅袅，如揽嫱施之袂。恨不能起莲鸿、苹云按红牙板，唱和一遍。……晏氏父子具足追配李氏①。"这简直说幾道是有宋第一词家了。此外对《小山词》的评语，还有陈直斋谓"叔原词在诸名胜集中，独可追逼《花间》，高处或过之"。周济谓"晏氏父子，仍步温韦。小晏

---

① 参见（明）毛晋《宋六十名家词·小山词》："诸名胜词集……唱和一过。晏氏父子具足追配李氏父子。"

精力尤胜"。平心说吧，小山自是第一流的词家，但比较李后主词的深刻沉痛的描写，实差一着，他受南唐二主、温飞卿、韦端己及《花间》诸词人的影响都不小，却绝不是模仿他们。他不失自己的风格。故黄鲁直云："论文自有体，不肯一作新进士语。"晁无咎说"小山（历来误作元献）不蹈袭人语，而风调闲雅。如'舞低杨柳楼心月，歌罢桃花扇底风'，知此人不住三家村也"。这是幾道不肯随波逐流，模效当时之体，故能高出，故能"追逼《花间》，高处或过之"。

我们给晏氏父子的词一个最后的概评。

二晏的小词，是继承五代词风的余绪而延续发展。他们的小词，也是从受五代词的影响而产生的，所以体裁风格，处处都有相似的地方。不过，因时代的变迁、个性的差别、天才的殊能，晏氏的小词也不会与五代词有同一的风格体裁。换言之，晏氏的词只是北宋人的词，不是五代的。我们觉得在北宋词人中，二晏的词有几个特别点。第一，是词句的优美。小词本来很少豪放的（也容许有例外，如吴彦高"南朝伤心千古事①"，范仲淹的"塞下秋来风景异"均很有排宕势），二晏之小词，自然也是属于婉约这一方面。但宋人词中之美，多半由于粉饰雕琢而来。柳耆卿、周邦彦都不能免此，吴梦窗、张玉田尤甚。晏氏小词，虽也不免用来雕琢，

① 参见（清）顾嗣立选编《元诗选》："南朝千古伤心事"。

而好处却在词句构成的自然的优美，读了使人起一种温婉腻细的感触。小晏词尤甚。第二，是音节的美。本来凡是词都与音韵有密接关系；不过长词须用韵太多，不免做作硬凑，音节难于联贯，小词则容易表现自然的音节之美。尤其是我们读了二晏词以后，有这种感觉。如上面引晏殊的《浣溪沙》"三月和风满上林，牡丹妖艳值千金，恼人天气又春阴！为我转回红脸面，问谁分付紫台心？有情须殢酒杯深"一词。又如晏幾道的《临江仙》：

　　梦后楼台高锁，酒醒帘幕低垂。去年春恨却来时，落花人独立，微雨燕双飞。
　　记得小蘋初见，两重心字罗衣。琵琶弦上说相思，当时明月在，曾照彩云归。

　　音节和谐，有女性的声调之美。就是不懂词的人，也会感觉这种词的好处吧。
　　上述晏氏的小词竟。

第十二讲

张先的词

　　北宋仁宗时有二张先，均字子野。一个博州人，一个乌程人（或作湖州人）。我们在这里所要说的，是乌程张先，那是一个词人。（这是很容易误会的，如《道山清话》竟以博州张先为词人张先。）

　　子野的生平，宋史无传可考。唯据《浙江通志》云："先年八十九卒"，又据苏轼《记游松江》云："吾自杭移高密……张先皆从余过李公择于湖。……时子野年八十五……"又苏轼《勤上人诗集序》云"熙宁七年，余自外塘赴高密"，可知熙宁七年，张先已八十五岁，再过四年（八十九岁），先死之年，是元丰元年，倒数上去八十九年，是淳化元年，于是可以断定张先生于公元九九〇年，死于公元一〇七八年。

　　少年时的张子野，游京师，晏元献曾辟为通判，又尝知吴江县。官至都官郎中，故有"桃李嫁东风郎中"和"云破月来花弄影郎中"之名。他又号张三影（因他有"云破月来花弄影""娇柔懒起，帘压卷花影""柳径无人，堕风絮无影"三影字名句）。李公择守吴兴时，尝招子野等集于郡国，为六客之会。晚年，乃优游乡

园，以放舟钓鱼为乐。享年在宋词人中，子野要算最高。——这是
子野身世的梗概。

张先的词，有《安陆词》一卷，原来先不仅长于词，也长于诗
文。旧载称，先有文集百卷行世。苏轼有《题张子野诗集后》曰：
"子野诗笔老妙，歌词乃其余技耳！"叶梦得亦谓："俚俗多喜传
咏先乐府，遂掩其诗声。"不过于今先的诗文完全散佚了，故我们
于此只讨论子野的歌词。

子野所传下的一卷《安陆词》并不多，只有六十八首。今拣几
首抄录来做例：

溪山别意，烟树去程，日落采蘋春晚。欲上征鞍，更掩翠帘回
面，相盼。惜弯弯浅黛长长眼，奈画阁欢游，也学狂花乱絮轻散。

水影横池馆，对静夜无人，月高云远。一饷凝思①，两眼泪痕
还满。难遣！恨私书又逐东风断！纵梦泽层楼万尺，望湖城那见？
（《卜算子慢》）

巴子城头青草暮，巴山重叠相逢处。燕子占巢花脱树。杯且
举，瞿塘水阔舟难渡。

天外吴门清霅路，君家正在吴门住。赠我柳枝情几许？春满

---

① 参见（清）康熙皇帝御定御编《御选历代诗余》卷五十四："一晌凝思"。

缕，为君将入江南去。（《渔家傲》）

乍暖还轻冷，风雨晚来方定。庭轩寂寞近清明，残花中酒，又是去年病。

楼头画角风吹醒，入夜重门静。那堪更被明月，隔墙送过秋千影！（《青门引》）

垂螺近额，走上红裀初趁拍。只恐惊飞，拟倩游丝惹住伊。

文鸳绣履，去似风流尘不起。舞彻梁州，头上宫花颤未休。（《减字木兰花·赠伎》）

含羞整翠鬟，得意频相顾。雁柱十三弦，一一春莺语。

娇云容易飞，梦断知何处？深院锁黄昏，阵阵芭蕉雨。（《生查子》）

前人谓子野诗过其词，我们不管子野的诗怎样，他的词实有他特别的情调和韵格。李端叔云：“子野才不足，而情有余。”晁无咎云：“子野与耆卿齐名，而时以子野不及耆卿。然子野韵高，是耆卿所乏处。”论情调，子野不必优于耆卿；论韵格，则子野实比耆卿高。但子野词有一个大缺点在，却是缺乏表现的能力。所谓“才不足”“偏才无大起落”，却是说他表现力的平常。即如他最有名的《天仙子》与《碧牡丹》词：

水调数声持酒听，午醉醒来愁未醒。送春春去几时回？临晚镜，伤流景，往事悠悠空记省。

沙上并禽池上暝，云破月来花弄影。重重翠幕密遮灯，风不定，人初静，明日落红应满径。

步障摇红绮，晓月堕沉烟砌。缓板香檀，唱彻伊家新制。怨入眉头，敛黛峰横翠。芭蕉寒，雨声碎。

镜华翳，闲照孤鸾戏。思量去时容易，钿合瑶钗，至今冷落轻弃。望极蓝桥，但暮云千里，几重山，几重水。

《天仙子》词，"云破月来花弄影"，是子野三影词中生平最得意之作。《碧牡丹》一首，"几重山，几重水"，是曾经大感动晏元献的。然亦不过如周密所评，"子野词清出处，生脆处，味极隽永"，成功警句而已。在北宋人词中，论豪宕，子野不如东坡；论温婉，子野不如易安；论铺叙，子野又不如耆卿、美成；虽以韵格见称，亦不足以名家。所以子野词在当代虽负时誉，与耆卿齐名，终究是第二流的词家。

六一居士的词

　　欧阳修，字永叔，庐陵人。生于公元一〇〇七年，卒于公元一〇七二年，享年六十六。官至枢密副使参知政事。以太子少师致仕。谥文忠。有《六一居士词》三卷。（古虞毛晋并为一卷。）

　　说到欧阳永叔，便不得不提到他在文学史上的地位来。永叔不是北宋第一位大古文家吗？永叔不是主张文学复古的健将吗？从他的《文集》和他著的《诗本谊》看来，知道他对于《诗三百篇》的"温柔敦厚"很有发挥；从他的《六一诗话》和他创作的《诗集》看来，知道他很攻击艳体的西昆，而倡导盛唐。苏轼叙其文曰："论道似韩愈，论事似陆贽，记事似司马，诗赋似李白①。"简而言之，欧阳修是一个主"复古"的，是一个主"文以载道"的正统派的古文家。谁知道他会作艳靡的小词呢？从来没有人称道过他的词，更没有人说他是伟大的词人了，除了《艺苑卮言》说过一句"永叔词胜其诗"外。

　　因为永叔是一位严正的古文家，所以后人都不相信他会作浮

---

① 参见（宋）吕祖谦编著《古文关键》："论大道似韩愈，……记事似司马迁……"

艳的小词，而疑是他人伪作的。曾慥《乐府雅词》序云："欧公一
代儒宗，风流自命。词章窈眇，世所矜式。乃小人或作艳语，谬为
公词。"陈直斋云："欧阳公词，多与《花间》《阳春》相混。亦
有鄙亵之语厕其中，当是仇人无名子所为也。"蔡绦云："今词之
浅近者，前辈多谓是刘辉伪作。"罗长源云："今柳三变词亦有杂
之《平山集》中，则其浮艳者殆亦非皆公少作也。"从这几段话看
来，至多我们承认《六一词》已杂入他人之作，不是定本了，却决
不能说凡浮艳之词，都不是永叔作的。如罗长源之言"浮艳者殆亦
非皆公少作"，则亦承认永叔有艳词了。后人总不敢说永叔有艳
词，恐怕打破他那儒教信仰的尊严。其实这是显然的：永叔在社会
方面，在学术方面，为自己的名计，自然提倡"文以载道"的文，
以号召一切。若为呼诉自己的心声，为表白自己的情绪，自然要借
重词，借重当时看作玩意儿的词，抒写出来。试看朱熹是何等的道
学先生，他作起词来，也惯作情语。何况永叔是文学家，更何况永
叔是有些浪漫性的文学家（从《醉翁亭记》即可看出一些来），怎
的不会把自己的情绪发抒出来呢？我们不必那样愚，为要保存永叔
那假儒宗的庄严，不惜牺牲极好的作品而不去欣赏，硬说他人伪作
的。现在我们正要欣赏永叔这些绝妙好词。

　　轻舟短棹西湖好，绿水逶迤，芳草长堤，隐隐笙歌处处随。
　　无风水面琉璃滑，不觉船移。微动涟漪，惊起沙禽掠岸飞。

（《采桑子》）

　　群芳过后西湖好：狼藉残红，飞絮濛濛，垂柳阑干尽日风。

　　笙歌散尽游人去，始觉春空。垂下帘栊，双燕归来细雨中。

（《采桑子》）

　　清晨帘幕卷轻霜，呵手试梅妆，都缘自有离恨，故画作远山长。

　　思往事，惜流芳，易成伤。拟歌先敛，欲笑还颦，最断人肠！

（《诉衷情》）

　　永叔词常寓情于景，往往不说情而景中自有情。在《踏莎行》
和《蝶恋花》两首词内表现得更显明：

　　候饭梅残①，溪桥柳细，草薰风暖摇征辔。离愁渐远渐无穷，
迢迢不断如春水。

　　寸寸柔肠，盈盈粉泪，楼高莫近危栏倚。平芜尽处是春山，行
人更在春山外。

　　庭院深深深几许？杨柳堆烟，帘幕无重数。玉勒雕鞍游冶处，

---

① 参见（清）上彊村民选编《宋词三百首》："候馆梅残"。

楼高不见章台路。

　　雨横风狂三月暮，门掩黄昏，无计留春住。泪眼问花花不语，乱红飞过秋千去。

　　这是描写残春的景象，简直是情景融一，分不出哪是情，哪是景了。原来是写情化的景界，自然由景里迸发出情来，融成一片。永叔写景之妙，往往能够一字道着，看他的《浣溪沙》：

　　堤上游人逐画船，拍堤春水四垂天，绿杨楼外出秋千。

　　白发戴花君莫笑，六么摧拍盏频传，人生何处似尊前？

　　晁无咎云："只一出字自是后人道不到。"在《六一词》集里面，写景的词也很不少，如《渔家傲》有十二首，即是描写自一月至十二月的时令景色的词。词长不具录。现且录他一首咏春草的《少年游》词：

　　阑干十二独凭，春晴碧远连云。千里万里，二月三月，行色苦愁人。

　　谢家池上，江淹浦畔，吟魄与离魂。那堪疏雨滴黄昏？更特地忆王孙！

吴曾评此词云："不惟君复、圣俞二词不及，虽求诸唐人温李集中，殆与之为一矣。"此外咏物词有《蝶恋花·咏采莲》，《望江南》和《玉楼春》都是咏蝶的。

越女采莲秋水畔，窄袖轻罗，暗露双金钏。照影摘花花似面，芳心只共丝争乱。

鸂鶒滩头风浪晚，雾重烟轻，不见来时伴。隐隐歌声归棹远，离愁引著江南岸！

江南蝶，斜日一双双。身似何郎全傅粉，心如韩寿爱偷香，天赋与轻狂。

微雨后，薄翅腻烟光。才伴游蜂来小院，又随飞絮过东墙，长是为花忙！

南园粉蝶能无数，度翠穿红来复去。倡条冶叶恣留连，飘荡轻于花上絮。

朱阑夜夜风兼露，宿粉栖香无定所。多情翻似却无情，赢得百花无限妒！（玉楼春）

古人咏物，最爱用事，所以描写得再好，终觉隔一层。这几首词的好处，却在白描。现再看永叔的抒情小词。说到永叔的抒情词，我们更加起劲了。

何处笛？深夜梦回情脉脉，竹风檐雨寒窗隔。

离人几岁无消息，今头白，不眠特地重相忆！（《归国谣》）

春滟滟，江上晚山三四点，柳丝如剪花如染。

香闺寂寂门半掩，愁眉敛，泪珠滴破胭脂脸。（同上）

蘋满溪，柳绕堤，相送行人溪水西，回时陇月低。

烟霏霏，风凄凄，重倚朱门听马嘶，寒鸥相对飞①。（《长相思》）

花似伊，柳似伊，花柳青春人别离，低头双泪垂。

长江东，长江西，两岸鸳鸯两处飞，相逢知几时！（同上）

深花枝，浅花枝，深浅花枝相并时。花枝难似伊！

玉如肌，柳如眉，爱着鹅黄金缕衣。啼妆更为谁？（同上）

---

① 参见（清）康熙皇帝御定编《御选历代诗余》卷三："……雨凄凄……寒鸦相对飞。"

尊前拟把归期说，未语春容先惨咽。人生自是有情痴，此恨不关风与月。

离歌且莫翻新阕，一曲能教肠寸结。直须看尽洛城花，始共东风容易别①。（《玉楼春》）

这样地写相思，这样地写别离，用白话来白描，在词里要算最高的艺术了。我们读了只觉得风韵中有婉约之意，豪放中有沉着之致；境界甚高，并不觉得涉于纤艳。其给后人以反感的，大概是因《六一词》里面有"轻无管系狂无数，水畔飞花风里絮。算伊浑似薄情郎，去便不来来便去"（《玉楼春》），"好妓好歌喉，不醉难休！劝君满满酌金瓯，总使花前常病酒②，也是风流"（《浪淘沙》）和"去来窗下笑相扶，爱道画眉深浅入时无……等闲妨了绣工夫，笑问双鸳鸯字怎生书？"（《南歌子》）之句。其实这些词诚不免显露些，却未尝不是好词。

此外在《六一词》里面，我们更可以发现一首奇特的词例。这首词虽也免不了抒情的意味，却是叙事的体裁，我们尽可以说是一首叙事词。这词是重叠一个词牌的几首词作成的。

---

① 参见（清）康熙皇帝御定御编《御选历代诗余》卷三十一："始共春风容易别。"
② 参见（宋）欧阳修著《六一词》："纵使花前常病酒"。

《牛郎与织女》（《渔家傲》）

（一）

喜鹊填河仙浪浅，云軿早在星桥畔。街鼓黄昏霞尾暗，炎光敛，金钩侧倒天西面。

一别经年今始见，新欢往恨知何限！天上佳期贪眷恋，良宵苦短①，人间不合催银箭。

（二）

乞巧楼头云慢卷，浮花催洗严妆面。花上蛛丝寻得遍，颦笑浅，双眸望月牵红线。

奕奕天河光不断，有人还在长生殿。暗付金钗清夜半，千秋佳愿，年年此会长相见。②

（三）

别恨长长欢计短，疏钟促漏真堪怨。此会此情都未半，星初转，鸾琴凤乐匆匆卷。

河鼓无言西北眄，香娥有恨东南远。脉脉横波珠泪满，归心乱，离肠便逐星桥断。

---

① 参见（清）康熙皇帝御定编《御选历代诗余》卷四十二："良宵短"。

② 参见（清）康熙皇帝御定编《御选历代诗余》卷四十二："乞巧楼头云慢卷……有人正在长生殿……千秋愿……"

这自然不算纯正的叙事诗。不过在叙事诗贫乏的中国，叙事诗已不可多得，在词里面，有这么一首抒情的叙事诗，自然是可珍贵的。

现在我们可以给永叔词告一结束了：

欧阳永叔的创作文学，用两种形体的表现：一种是诗，一种是词。永叔的诗，因为太讲究"复古"，太讲究"诗话""诗法"和拘束于诗的温柔敦厚，处处妨碍他天才的发展，致不能够达到完全的表现。永叔的词，则系当顽意儿做的，不必讲什么"复古"，也不必讲什么"词法"，很自由地写出来。且因在那时，词号艳科，以描写男女之情为主，所以永叔不能在古文里面写出来的情绪、不能在诗里面表达的情绪，可以尽量地在词里面裸现出来。我们读了《六一词》，很容易发现永叔的文学天才，可以发现永叔情感的奔迸，可以发现永叔的思想及其个性。

第十四讲

东坡词

　　苏轼（字子瞻，眉山人。生于公元一〇三六年，卒于公元一一〇一年），他在文学方面的造诣是多方面的。他的散文照耀今古，与韩昌黎媲美；他的诗，虽不必能赶上盛唐，然在有宋一代，总算蔚然大家，后无来者；至于词，这似乎是东坡的末技了。东坡并不以词名；后人研究东坡文学的，也只研究研究他的诗文，既经认为末技的词，并没有人去怎样注意。然而老实说吧，东坡在诗歌上的成就，还远不如他的词的成就大些。他的诗，在诗史上不算最好的作家；而他的词，则占在词史的特殊位置。与其我们说东坡是诗人，不如说是词人。在这一点，《艺苑卮言》上面的话已经先获我心了。

　　东坡的词，后人批评的论调很不一致。而因为词派上的分正统与别派的观念，对于苏词遂发生种种不正确的批评。《四库提要》云："词自晚唐、五代以来，以清切婉丽为宗……至轼而一变，如诗家之有韩愈，遂开南宋辛弃疾等一派。寻源溯流，不能不谓之别调；然谓之不工则不可。"这种批评，仅说到苏词系"别调"，并没有如何攻击苏词。若袁绹所说，"学士词须铜将军、铁绰板，唱大江东去", 则讥其词不如柳耆卿。蔡伯世云"子瞻辞胜乎情……
辞情相称者唯少游而已", 又讥其词不如秦淮海。至于陈无己云:
"子瞻以诗为词, 如教坊雷大使①之舞, 虽极天下之工, 要非本
色。"这更显然拿词派来排斥苏词了。可是虽则尽力排斥苏词, 实
际上却已经承认苏词是"谓不工则不可""极天下之工", 可见这
种种评论, 都是为词派的观念所围着。我们现在既否认传统的狭义
的什么正统词派的存在, 那么, 这样的批评却也不攻自破了。对于
苏词还有一种误解。李易安《词论》云:"苏子瞻学际天人, 作为
小歌辞, 直如酌蠡水于大海。然皆句读不葺之诗尔; 又往往不协音
律者何耶? ……"世人多以"不协音律"为苏词病。实在, 苏词诚
如晁无咎所言:"居士词, 人谓多不谐音律, 然横放杰出, 自是曲
子中缚不住者。"陆放翁更说得好:"晁以道谓'绍圣初与东坡别
于汴上, 东坡酒酣, 自歌《古阳关》'。则公非不能歌, 但豪放不
喜裁剪以就声律耳。"这么看来, 我们不但不能责苏词"不协音
律", 反而应该称道他能为完成文学的内容, 而割爱音律。

　　辨明了对于苏词的两种谬解, 往下更要谈到苏轼在词史上的建
设事业。那么, 我们不得不承认苏词的伟大了。

　　在苏轼以前的词, 只讲究艳靡, 词以婉约为宗, 描写是很狭
义的, 局面毫无开展, 故有"词为艳科"之目。到了苏轼才首先打

---

① 参见 (清) 永瑢等主编《钦定四库全书》:"雷大使"。

破"词为艳科"之名，扩张词的狭义描写，扩充词的局面，他的词体不限于婉约艳靡，很豪放恣肆，有排宕之势；他的词的内容，不拘于"闺怨""离恨"之情，而抒写壮烈的怀抱；他的描写不只在炼些优美的婉转的词句，而以"诗句"入词，以"赋句"入词，甚至以"文句"入词。这种种改革，总而言之，是词体的大解放。我们即不必论苏词本位的价值如何，单说"词体之得解放"，一方面讲苏轼为词坛新辟无限的殖民地，得以自由去发展开辟，其革新之功，已昭然煊赫于词史上了。胡致堂评苏词云："眉山苏氏一洗绮罗香泽之态，摆脱绸缪宛转之度，使人登高望远，举首高歌，而逸怀浩气，超乎尘垢之外，于是《花间》为皂隶，而耆卿为舆台矣。"这是一个很忠实的批评。

王阮亭说："山谷云'东坡书挟海上风涛之气'，读坡词当作如是观。琐琐与柳七较锱铢，无乃为髯公所笑。"实在的，东坡词气象宏阔，我们不应该以读旧词的眼光来读苏词，应该换一付"壮观"的眼目，来欣赏苏词。他的词除"大江东去"和"明月几时有"二首引在上篇外，现从东坡词里面选抄几首词在下面：

凭空眺远，见长空万里，云无留迹。桂魄飞来光射处，冷浸一天秋碧。玉宇琼楼，乘鸾来去，人在清凉国。江山如画，望中烟树历历。

我醉拍手狂歌，举杯邀月，对影成三客。起舞徘徊风露下，今

夕不知何夕？便欲乘风翻然归去，何用骑鹏翼。水晶宫里，一声吹断横笛。（《念奴娇·中秋》）

蜗角虚名，蝇头微利，算来著甚干忙？事皆前定，谁弱又谁强？且趁闲身未老，尽放我、些子疏狂。百年里，浑教是醉，三万六千场。

思量能几许？忧愁风雨，一半相妨。又何须，抵死说短论长。幸对清风皓月，苔茵展、云幕高张。江南好，千钟美酒，一曲满庭芳。（《满庭芳》）

这首《满庭芳》词，可说是东坡生活态度之自白。像这种排宕的长词，大都是东坡自己的"怀抱"的抒写。其写缠绵依恋之情的长词，在苏氏集中殊不多觏。但因此而说东坡不能作情语，这就大错了。张叔夏说："东坡词清丽舒徐处①，高出人表，周秦诸人所不能到。"周保绪说："人赏东坡粗豪，吾赏东坡韶秀。韶秀是东坡佳处，粗豪则病也。"且看他的词：

乳燕飞华屋，悄无人，桐阴转午，晚凉新浴。手弄生绡白团扇，扇手一时似玉。渐困倚，孤眠清熟，帘外谁来推绣户？枉教人

---

① 参见（清）王弈清《历代词话》："东坡词极雅丽舒徐"。

梦断瑶台曲，又却是，风敲竹！

石榴半吐红巾蹙，待浮花浪蕊都尽，伴君幽独。秾艳一枝细看取，芳心千重似束。又恐被、西风惊绿。若待得君来向此，花前对酒不忍触。共粉泪，两簌簌。（《贺新郎》）

冰肌玉骨，自清凉无汗，水殿风来暗香满。绣帘开，一点明月窥人。人未寝，欹枕钗横鬓乱。

起来携素手，庭户无声，时见疏星渡河汉。试问夜如何其？夜已三更，金波淡，玉绳低转。但屈指、西风几时来，又不道、流年暗中偷换！（《洞仙歌》）

似花还似非花，也无人惜从教坠。抛家傍路，思量却是、无情有思，萦损柔肠，困酣娇眼，欲开还闭。梦随风万里，寻郎去处，又还被莺呼起。

不恨此花飞尽，恨西园落红难缀。晓来雨过，遗踪何在？一池萍碎。春色三分，二分尘土，一分流水。细看来，不是杨花，点点是离人泪。（《水龙吟》）

谁说东坡不能作情语呢？王士禛说："'枝上柳绵'，恐屯田缘情绮靡，未必能过。孰谓坡但解作'大江东去'耶？"（引见下《蝶恋花》）以上是东坡的长词。东坡的小词，也有很好的。楼敬思说："东坡老人，故自灵气仙才，所作小词，冲口而出，无穷清新。不独寓以诗人句法，能一洗绮罗香泽之态也。"

花褪残红青杏小，燕子飞时，绿水人家绕。枝上柳绵吹又少，天涯何处无芳草？

墙里秋千墙外道，墙外行人，墙里佳人笑。笑渐不闻声渐悄，多情却被无情恼。（《蝶恋花》）

水是眼波横，山是眉峰聚。欲问行人在那边，眉眼盈盈处。

才是送春归，又送春归去。若到江南赶上春，千万和春住！①（《卜算子》）

琵琶绝艺，年纪都来十二②。拨弄么弦，未解将心指下传。

主人嗔小，欲向春风先醉倒。已属君家，且更从容等待他。（《减字木兰花·赠小鬟琵琶》）

世事一场大梦，人生几度秋凉。夜来风雨已鸣廊③，看取眉头

---

① 参见（清）康熙皇帝御定编《御选历代诗余》卷十："……欲问行人去那边……又送君归去……"

② 参见（宋）苏轼《东坡词》："年纪都来十一二"。

③ 参见（宋）苏轼《东坡词》："夜来风叶已鸣廊"。

麓上。

酒贱常愁客少，月明多被云妨。中秋谁与共孤光？把盏凄然北望。（《西江月》）

持杯遥劝天边月，愿月圆无缺。持杯更复劝花枝，且愿花枝长在、莫披离。

持杯月下花前醉，休问荣枯事。此欢能有几人知？对酒逢花不饮、待何时？[1]（《虞美人》）

记得画屏初会遇，好梦惊回，望断高唐路。燕子双飞来又去，纱窗几度春光暮。

那日绣帘相见处，低眼佯行，笑整香云缕。敛尽春山羞不语，人前深意难轻诉。（《蝶恋花》）

莫听穿林打叶声，何妨吟啸且徐行。竹杖芒鞋轻胜马，谁怕？一蓑烟雨任平生。

料峭春风吹酒醒，微冷，山头斜照却相迎。回首向来萧瑟处，归去，也无风雨也无晴。（《定风波》）

---

[1] 参见（清）康熙皇帝御定编《御选历代诗余》卷三十："……且愿花枝长在莫离披……对月逢花不饮待何时？"

缺月挂疏桐，漏断人初静。时见幽人独往来，缥缈孤鸿影。

惊起却回头，有恨无人省。拣尽寒枝不肯栖，寂寞沙洲冷。

（《卜算子·悼温超超》）

道字娇讹苦未成，未应春阁梦多情。朝来何事绿鬟倾？

彩索身轻长趁燕，红窗睡重不闻莺。因人天气近清明。（《浣溪沙》）

这种小词，《词筌》谓："如此风调，令十六七女郎歌之，岂在晓风残月之下？"统言之，东坡的词，有极豪爽的，有极温婉的。因为他的才气大，所以在长词里面，说来说去，奔踪放肆，越剥越近里，越翻越奇特，句有尽而意不穷。这一半是东坡天才的独到处，一半也因为东坡有丰满的生活，作描写的背境。东坡足迹所至，他生于四川，长游京都，而儋州、黄州、惠州、定州、徐州、密州、杭州……都是他曾经踯躅之所。有东坡这样变迁不拘的生活，产生的文学也自然是活跃的。至拿东坡的小词和长词比较，则因东坡才气发扬的缘故，长词更适宜于他尽量的描写，小词往往不能束缚他，所谓"曲子中缚不住者"。末了，我且引陆放翁一段苏词的读后感，以做结束：

"试取东坡诸词歌之，曲终觉天风海雨逼人。"

词人秦观

　　陈后山说："今代词手，惟秦七黄九而已。"在词人济济之北宋，而后山独推服秦黄，自非无端。实在说来，黄庭坚的词还不如秦观。彭羡门有言曰："词家每以秦七黄九并称，其实黄不及秦远甚。犹高（观国）之视史（邦卿），刘（过）之视辛（弃疾），虽齐名一时，而优劣自不可掩。"则可以想见秦观在北宋词人中之地位了！

　　秦观字少游，一字太虚，扬州高邮人。生于公元一〇四九年。因苏轼荐，除秘书省正字，兼国史院编修官。后坐党籍，屡遭徙放，以公元一一〇一年（或谓一一〇〇年），卒于古藤。观少豪俊慷慨，溢于文词，长于议论，文丽而思深。苏轼以为有屈宋才。王安石亦谓清新似鲍谢。著有文集四十卷、《淮海词》一卷。（据《宋史·文苑传》）

　　先讲《淮海词》的来源：我们知道少游为苏门四学士之一。在四学士中，子瞻且尤善少游，称为今之词手。然而少游的词，却迥然与东坡不同调。张綖云："少游多婉约，子瞻多豪放，当以婉约为主。"这是苏秦的词，显然立于恰相矛盾的趋向。究竟少游词是怎样的来源呢？举两个例来说明：

（1）秦少游自会稽入京见东坡。东坡曰："不意别后公却学柳七作词。"秦答曰："某虽无学，亦不至是。"东坡曰："'消魂当此际'，非柳七句法乎？"秦惭服。（《高斋词话》）

（2）梅圣俞《苏幕遮》词："落尽梨花春事了，满地斜阳，翠色和烟老。"刘融斋谓"少游一生似专学此种"。

平心而论，少游虽不必专学梅圣俞，而受着卿词的影响实不小。不过不自限于柳词，而能自成风格，融数家于一体。所以蔡伯世云："子瞻辞胜乎情，耆卿情胜乎辞；辞情相称者，唯少游而已。"试读他的词：

莺嘴啄花红溜，燕尾点波绿皱。指冷玉笙寒，吹彻《小梅》春透。依旧，依旧，人与绿杨俱瘦。（《忆仙姿》）

萋萋芳草忆王孙，柳外楼高空断魂。杜宇声声不忍闻，欲黄昏，雨打梨花深闭门。（《忆王孙》）

纤云弄巧，飞星传恨，银汉迢迢暗度。金风玉露一相逢，便胜却人间无数。

柔情似水，佳期如梦，忍顾鹊桥归路。两情若是久长时，又岂在朝朝暮暮？（《鹊桥仙》）

菖蒲叶叶知多少，惟有个、蜂儿妙。雨晴红粉齐开了，露一点、娇黄小。

早是被晓风力暴，更春共斜阳俱老。怎得花香深处，作个蜂儿抱！（《迎春乐》）

恨眉醉眼，甚轻轻觑着，神魂迷乱。常记那回，小曲阑干西畔，鬓云松，罗袜划。

丁香笑吐娇无限，语软声低，道我何曾惯？云雨未谐，早被东风吹散。闷损人，天不管。（《河传》）

少游的词，可以分为两个时期。未遭流放以前和既遭流放以后，词的情调完全不同。这几首小词虽不敢断定它的时期，却从词里面显示一种浪漫的色彩，很绮丽，描写也很精致。如《品令》的后半阕，"每每秦楼相见，见了无限怜惜。人前强不欲相沾识，把不定脸儿赤"，描写很生动。同时少游在长词里面，却常常写出无限的哀感：

高城望断尘如雾，不见连骖处。夕阳村外小湾头，只有柳花无数送归舟。

琼花玉树频相见①，只恨离人远。欲将幽恨寄青楼，争奈无情江水不西流。（《虞美人》）

山抹微云，天粘衰草，画角声断谯门。暂停征棹，聊共引离尊。多少蓬莱旧事，空回首，烟霭纷纷。斜阳外，寒鸦数点，流水绕孤村。

消魂当此际，香囊暗解，罗带轻分。谩赢得青楼薄幸名存。此去何时见也？襟袖上空染啼痕，伤情处，高城望断，灯火已黄昏。（《满庭芳》）

原来秦少游也是一位天生的情痴。从他的不愿举进士看来，人间的功名富贵，于少游如浮云，已无所为恋了。但情感活泼的诗人，随便一种境界，都足以引起他的感伤。过活好的环境时已经是如此，何况经历流放的孤苦生涯，怎么不更要递倍的苦闷而呼诉出来呢？

西城杨柳弄春柔，动离忧，泪难收。犹记多情，曾为系归舟。

① 参见（清）康熙皇帝御定编《御选历代诗余》卷三十："琼枝玉树频相见"。

碧野朱桥当日事，人不见，水空流。

韶华不为少年留，恨悠悠，几时休？飞絮落花时候，一登楼。便做春江都是泪，流不尽，许多愁。（《江城子》）

雾失楼台，月迷津渡，桃源望断无寻处。可堪孤馆闭春寒，杜鹃声里斜阳暮。

驿寄梅花，鱼传尺素，砌成此恨无重数。郴江幸自绕郴山，为谁流下潇湘去？（《踏莎行·郴州旅舍》）

冯梦华《宋六十一名家·词选序例》谓："淮海，古之伤心人也。其淡语皆有味，浅语皆有致。"《人间词话》云："少游词境最凄婉。至'可堪孤馆闭春寒，杜鹃声里斜阳暮'，则变为凄厉矣。"晋卿云："少游正以平易近人，故用力者终不能到。"良卿云："少游词如花含苞，故不甚见其力量。其实后来作者，无不胚胎于此。"这都是对于淮海词很好的批评。但淮海词亦自有其缺点在。关于淮海词的缺点，我们最好引苏子瞻的话来作批评。

（1）"淮海辞情兼胜，还在苏黄之上。"这是少游的优点。然以气格为病，苏子瞻尝戏云："'山抹微云'秦学士，'露华倒影'柳屯田。"是情韵所长，气格所短。

（2）少游描写有极能经济的，如《满庭芳》词："斜阳外，寒鸦数点，流水绕孤村。"仅仅十二字，把一幅夕阳晚景刻画维肖，这不能不说是极经济的描写。但少游的描写，也有极不经济的，如："东坡问别后作何词，少游举'小楼连苑横空，下窥绣毂雕鞍骤'。东坡曰：'十三个字，只说得一个人骑马楼前过。'"（《高斋诗话》）这种累赘用事的无益描写，在《淮海词》里面很容易发现。

上述《淮海词》及其批评既竟。最后，我且引李清照的一段批评作为结束：

"秦（少游）专主情致，少故实，譬诸贫家美女，非不妍丽，终乏富贵态耳。"

苏门的词人

我们知道北宋初期的文学，虽有盛唐与西昆之争、古文与时文之争，但自欧苏享盛名以后，占了文坛的中枢势力，这种门户的党见渐渐被消灭了。欧阳修的事业不专在文学，而苏轼则隐隐成了文坛的中心。如黄（庭坚）、秦（观）、张（耒）、晁（补之），号为苏门四学士；李之仪、陈师道、程垓或以才受知于苏轼，或以词得轼之激赏，虽然他们的词，不一定是苏轼一样的风格情调，总可以说是苏门的词人。

第一个我们要说的是黄庭坚：

庭坚字鲁直，号山谷老人，洪州分宁人（公元一〇四五年至公元一一〇一年）。官为秘书丞。他生平在文学上的努力，成功于诗歌一方面。世号苏黄，为江西诗派之宗。他的词也拟似他的诗。晁无咎谓"鲁直自是著腔子唱好诗"，讥其不是当行也。有《山谷词》二卷。

自然山谷的词，受苏词的影响不少。看他的《念奴娇》：

断虹霁雨，净秋空，山染修眉新绿。桂影扶疏，谁便道，今夕清辉不足？万里青天，姮娥何处，驾此一轮玉。寒光零乱，为谁偏照醽醁。

年少从我追游，晚凉幽径，绕张园森木。共倒金荷，家万里，难得尊前相属。老子平生，江南江北，最爱临风笛。孙郎微笑，坐来声喷霜竹。

这种词自是从苏子瞻《念奴娇》"大江东去"词得来的，颇有豪放之致。陈后山则举其"春未透，花枝瘦，正是愁时候"，谓峭健非秦观所能作。按此词《蓦山溪》调《赠衡阳妓陈湘》中句。其词如下：

鸳鸯翡翠，小小思珍偶。眉黛敛秋波，尽湖南山明水秀，娉娉袅袅①，恰近十三余。春未透，花枝瘦，正是愁时候。

寻芳载酒，肯落谁人后。只恐晚归来，绿成阴，青梅如豆。心期得处，每自不由人②。长亭柳，君知否？千里犹回首！

这还不能算山谷的好词。山谷词的特点，是在描写男女间的恋爱，就是俗所诟病他的喜为淫艳之词。我们现在正要介绍山谷的艳词：

---

① 参见（清）康熙皇帝御定编《御选历代诗余》卷五十一："娉娉袅袅"。
② 参见（清）康熙皇帝御定编《御选历代诗余》卷五十一："每不由人"。

把我身心，为伊烦恼，算天便知。恨一回相见，百方做计，未能偎倚，早觅东西。镜里拈花，水中捉月，觑着无由得近伊。憔悴镇，花销翠减，玉瘦香肌。①

奴儿又有行期。你去即无妨，我共谁？向眼前常见，心犹未足，怎生禁得真个分离。地角天涯，我随君去，掘井为盟无改移。君须是，做些儿相度，莫待临时。（《沁园春》）

对景还消瘦，被个人把人调戏。我也心儿有，忆我又唤我，见我，嗔我，天甚教人怎生受？

看承幸厮勾，又是樽前眉峰皱。是人惊怪，冤我忒撋就，拼了又舍了，定是这回休了！及至相逢，又依旧。（《归田乐引》）

不见片时霎，魂梦相随着。因甚近新无据？误窃香深约。

思量模样忆憎儿②，恶又怎生恶？终待共伊相见，与偿偿羹落。（《好事近》）

山谷这些词，完全引当时俚语白话入词，大胆地描写男女间裸赤的情爱，描写得生动和精致，这都是山谷艳词的特色。论者每以

---

① 参见（宋）黄庭坚《山谷词》："添憔悴，镇花销翠减，玉瘦香肌。"
② 参见（宋）黄庭坚《山谷词》："思量模样忆憎儿"。

猥亵为山谷词之病，法秀且谓其"以笔墨诲淫，于我法当堕犁舌地狱^①"，实则我们并不觉得《山谷词》如何猥亵，也不觉得男女间火热的爱不可以描写出来。"淫艳"二字不足以为《山谷词》病。可是《山谷词》却另有大可诟病的地方在：

山谷最爱集古诗，或括古词以组成词及新词。如《浣溪沙》一例：

> 新妇矶头眉黛愁，女儿浦口眼波秋，惊鱼错误月沉钩^②。
> 青箬笠前无限事，绿蓑衣底一时休，斜风细雨轻船头^③。

这还要算一首好词，以水光山色替却玉肌花貌，真有渔父家风。但自己既没有自创意境，只截取古人字句，即算能借以组合成一首好词，也不能算是创作，何况山谷往往点金成铁呢？如《西江月》"断送一生唯有，破除万事无过"，从对仗方面看，诚引得很巧；若就文学论，这是很笨拙的句子。又如《两同心》调里的"你共人女边著子，争知我门里挑心"，把好字写为"女边著子"，把闷字拆成"门里挑心"，这是猜字谜，哪里有什么意思？山谷并且复用这两句在他的几首词里面，岂爱其造语之工耶？

---

① 参见（清）康熙皇帝御定编《御定佩文韵府》："泥犁地狱"。
② 参见（清）康熙皇帝御定编《御选历代诗余》卷六："惊鱼错认月沉钩"。
③ 参见（清）康熙皇帝御定编《御选历代诗余》卷六："斜风细雨转船头"。

晁补之，与黄鲁直同时的词人，字无咎，钜野人（公元一〇五三年至公元一一一〇年）。官至著作郎，国史编修官。为苏门四学士之一。《宋史·文苑传》记其"才气飘逸，嗜学不知倦。文章温润典缛，其凌丽奇卓，出乎天成。尤精《楚辞》，论集屈、宋以来赋咏为《变离骚》等三书"。其诗文著为《鸡肋集》七十卷。有词《琴趣外篇》六卷。

补之虽属苏门，而他的词却绝不与苏轼同调。他所最服膺的词人，一个是秦少游，他说"近世以来，作家皆不及秦少游"；一个是柳耆卿，他说"耆卿词不减唐人高处"。他自己受秦柳的影响也很大。

黯黯青山红日暮，浩浩大江东注。余霞散绮，回向烟波，问路使人愁。①长安远，在何处？几点渔灯小，迷近坞；一片客帆低，傍前浦。

暗想平生，自悔儒冠误！觉阮途穷，归心阻，断魂萦目，千里伤平楚。怪竹枝歌②，声声怨，为谁苦？猿鸟一时啼，惊岛屿；烛

---

① 参见（清）康熙皇帝御定编《御选历代诗余》卷六十六："余霞散绮，回向烟波路，使人愁。"

② 参见（清）康熙皇帝御定编《御选历代诗余》卷六十六："一千里伤平楚。怪竹枝歌"。

暗不成眠，听津鼓。（《惜奴娇》①）

　　谪宦江城无屋买，残僧野寺相依。松间药白竹间衣，水穷行到处，云起坐看时。

　　一个幽禽缘底事？苦来醉耳边啼。月斜西院愈声悲，青山无限好，犹道不如归。（《临江仙·信州作》）

　　补之的生平，很有许多佳话。如《生查子·感旧词》，便是描写他和一个贵族的女子恋爱，后来他自己的夫人知道了，逼他回去，过了十余年重来访时，已经是"一水是红墙，有恨无由语"了。补之不比柳永一样，他很不看重功名。他自悔"儒冠曾把身误！弓刀千骑成何事？荒了邵平瓜圃。君试觑，满青镜，星星鬓影今如许。功名浪语，便似得班超封侯万里，归计恐迟暮！"（《摸鱼儿》）补之完全是一个文学者的性格，他说功名事业不如花下樽前。《八声甘州》的小半阕："莫叹春光易老，算今年春老，还有明年。叹人生难得常好是朱颜。有随轩金钗十二，为醉娇一曲踏珠筵。功名事，算如何此，花下樽前。"读了这一段词，便知道与柳永的"忍把浮名，换了浅斟低唱"是一样的意思。晁词之受柳词之

---

① 参见（清）康熙皇帝御定编《御选历代诗余》卷六十六，该词牌名为《迷神引》。

影响，由此可见。

论者谓补之词神姿高秀，与轼实可比肩。这种比例，甚不伦类。补之与东坡无论体裁风格，均相反趋。陈直斋谓"无咎词佳者固未多逊秦七、黄九"。无咎实少游之流也。毛晋言"无咎虽游戏小词，不作绮艳语"，又非确论。不过无咎词境颇高，如《浣溪沙》：

江上秋风高怒号，江声不断雁嗷嗷，别魂迢递为君销。
一夜不眠孤客耳，耳边愁听雨萧萧，碧纱窗外有芭蕉。

这一类的词，真有唐人诗境。

与黄鲁直、晁补之同时的，又有陈师道。

陈师道，字无己，一字履常，号后山，彭城人。生于公元一〇五三年。得苏轼荐，为徐州教授。历秘书省正字。卒于公元一一〇二年。有《后山词》二卷。为苏门词人之一。但他的成功也和黄鲁直一样，在诗不在词，与其说是词人，不如说是诗人。虽然他自己说，他"文未能及人，独于词不减秦七、黄九"。这只是自矜之论。试举他的几首词为例：

哀筝一弄湘江曲，声声写尽湘波绿。纤指十三弦，细将幽恨传。
当筵秋水慢，玉柱斜飞雁。弹到断肠时，春山眉黛低。（《菩

萨蛮·咏筝》)

　　晴野下田收，照影寒江落雁洲。禅榻茶炉深闭阁，飔飔，横雨旁风不到头。

　　登览却轻酬，剩作新诗报答秋。人意自阑花自好，休休，今日看时蝶也愁。(《南乡子·九日用东坡韵》)

　　娉娉袅袅，芍药枝头红样小。舞袖低回，心到郎边客已知。

　　金尊玉酒，劝我花前千万寿。莫莫休休，白发簪花我自羞。(《减字木兰花》)

　　藏藏摸摸，好事争如莫。背后寻思浑是错，猛与将来放著。

　　吹花卷絮无踪，晚妆知为谁红？梦断阳台云雨，世间不要春风。(《清平乐》)

　　后山是一个怪癖的文人。当他创作时，恶闻人声，猫犬皆逐去，婴儿稚子，亦抱寄邻家。每得句，即急归卧一榻，呻吟如病人，或竟累日不起，须俟诗成，始复常态。如此苦吟成诗，纵极工丽，实缺自然。这是后山诗词的大缺点。后山诗在当代颇受知音，词则无闻。或者后山因为诗已有定论，故自抑其诗而扬其词，以求世人之激赏耶？

第十七讲

北宋中世纪的五词人

　　我们为什么把这五位词人联在一块儿叙述呢？原来他们都是北宋熙宁元祐间的词人。他们在表面上好像都是苏派的词家——如李之仪出于苏门，毛滂以词受知于苏轼，程垓为轼中表——而实际上他们的作品，完全与苏派不同风格。有的受柳耆卿的影响，如程垓；有的从唐人诗得来，如贺铸；其余的也很少受苏轼的影响的。还有一点，则这五个作家都是词人——只是词人——虽然尚书尤袤说，正伯（程垓）之文过其词，虽然古人有说谢逸是诗家，这都是讳言其词。因为古人都觉得词为雕虫小技，"惟以词名家，岂不小哉"！其实这五位作家的成功，皆在词而不在诗。他们的诗在有宋一代还不能算数，他们的词则已取得文学史上的地位。我们何妨说他们是词人呢？

　　程垓与黄鲁直、贺方回同时，字正伯，眉山人，其诗文无可考，有《书舟词》一卷。（《古今词话》谓正伯号虚舟，故词名《虚舟词》，大误。正伯家有拟舫名书舟，见集中《望江南》词自注，故名《书舟词》，非号虚舟也。）

　　正伯词的来源，《四库提要》谓其："与苏轼为中表，耳濡目染，有自来也。"这却不然。正伯号与苏轼为中表，他受苏轼的影响，远不如受柳永的影响大。并非正伯看不起苏词，才气不同，不能强也。杨慎《词品》最称其《酷相思》《四代好》《折红英》数阕，谓秦七黄九莫及。且看其词：

翠幕东风早，兰窗梦，又被莺声惊觉。起来空对平阶，弱絮满庭，芳草厌厌，未欣怀抱。记柳外人家，曾到画栏，那更春好，花好，酒好，人好。

春好尚恐阑珊；花好又怕飘零难保；直饶酒好，酒未抵意中人好。相逢尽拼醉倒，况人与才情未老；又岂关春去春来，花愁花恼？[1]（《四代好》）

月挂霜林寒欲坠，正门外催人起。奈离别如今真个是！欲住也、留无计，欲去也、来无计。

马上离情衣上泪，各自供憔悴。问江路梅花开也未？春到也、须频寄，人到也、须频寄。（《酷相思》）

桃花暖，杨花乱，可怜朱户春将半[2]。长记忆探芳日，笑凭郎

---

[1] 参见（清）康熙皇帝御定编《御选历代诗余》卷七十一："……未饮怀抱。记柳外人家，曾到凭画栏……直饶酒好，未抵意中人好。……又岂因春去春来……"
[2] 参见（清）康熙皇帝御定编《御选历代诗余》卷三十七："可怜朱户春强半"。

肩，殢红偎碧，惜惜惜。

　　春宵短，离肠断，泪痕长向东风满。凭青翼，问消息，花谢春归，几时来得？忆忆忆！（《折红英》）

　　程正伯也是一个感伤的文艺家，《书舟词》里面，都半是伤春惜别之作。本来这种悲观殉情的词，在以前李后主、柳永辈已有很多，而且有很好的作品。后人创作这一种的作品，每易落前人窠臼，难得特色。而在程正伯则不但不抄袭前人，并且有很多新意，有许多话写，用白话白描，不借重典故，所以写来很自然有趣。如《念奴娇》《咏秋夜》《闺怨》《无闷》《摊破江城子》《生查子》《长相思》都是很好的作品。在《凤栖梧》一首，更可以看出正伯的生活来：

　　薄薄窗油清似镜，两面疏帘，四壁文书静。小篆焚香消日永，新来识得词中性①。

　　人爱人嫌都莫问，絮自沾泥，不怕东风紧。只有诗狂消不尽，夜来题破窗花影。

　　这种生活是正伯老年时的消沉了。他少年时原也很想做点事业

---

① 参见（宋）程垓《书舟词》："新来识得闲中性。"

的，他说："剑在床头书在几，未甘分付黄花泪。""忧国丹心曾独许，纵吐长虹，不奈斜阳暮。"（《凤栖梧》）他原来是"老来方有思家泪"（《渔家傲》）呢！

毛滂，为元祐间知名之士，字泽民，衢州江山人。生于嘉祐六年，卒于宣和末年。官杭州法曹。文集久佚，有《东堂词》一卷（或作二卷）。他的诗颇受东坡激赏，谓为"韶濩之音，追配骚文①"，不自《惜分飞》始受知于东坡也。但《惜分飞》却被公认为是毛滂最好的一首词：

泪湿阑干花著露，愁到眉峰碧聚。此恨平分取，更无言语空相觑。

断雨残云无意绪，寂寞朝朝暮暮。今夜山深处，断魂分付潮回去。（《题富阳僧舍作别语赠妓琼芳》）

陈直斋谓"泽民他词虽工，未有能及此者"。《四库提要》谓其虽由轼得名，实附京以得官。徒擅才华，本非端士。按蔡绦《铁围山丛谈》载他的父亲蔡京柄政时，毛滂有时名，献十词，甚伟丽，骤得进用。《东堂词》中，恰合有《大师生辰词》数首，当系为蔡京作。这是毛滂未免功名心重，不惜贬损文艺的尊严，拿来阿

---

① 参见（宋）苏轼著《苏轼集》："追配骚人"。

谀权臣，比起陶靖节不为五斗米折腰的高风来，早应愧死；但只就词论词，则毛滂的词，实在当得起"情韵特胜"的赞语。现在不妨再举他几首小词：

　　无力倚瑶瑟。罢舞霓裳，今几日？楼空雨小春寒逼，钿晕罗衫烟色。帘前归燕看人立，却趁落花飞入。（《调笑令·咏眄眄》）

　　小雨初收蝶做团，和风轻拂燕泥干，秋千院落落花寒。莫对清樽追往事①，更催新火续余欢。一春心绪倚栏干。（《浣溪沙》）

　　花好怕花老，暖日和风，将养到。东君须愿长年少。图不看花草草，西园一点红犹小，早断蜂儿知道②。（《调笑令》）

　　这种词很优美，很有韵致。如《临江仙》《蓦山溪》都是很好的小词，可惜不能多举例了。

　　李之仪，字端叔，沧州无棣人。元祐初为枢密院编修官。受知苏轼于定州幕府。徽宗时，提举河东常平。因代范忠宣草遗表得罪，编管太平州。居姑孰甚久。徙唐州，卒入党籍。自号姑孰居士，有《姑孰词》一卷。端叔以工尺牍著称，其词在当代不甚有

---

① 参见（清）康熙皇帝御定编《御选历代诗余》卷六："莫对清尊追往事"。
② 参见（宋）毛滂《东堂词》："早被蜂儿知道"。

名。故黄昇辑《花庵词选》也遗漏了他的作品。实则我们读了《姑
孰词》以后，反觉得《花庵词选》大不忠实于作者的选择了。端叔
实在是北宋一位可贵的词人。

在端叔的《姑孰词》里面，长词不多，他的小词最工。《四库
提要》称其"小令尤清婉峭蒨，殆不减秦观"。

回首芜城旧苑，还是翠深红浅。春意已无多，斜日满帘飞燕。
不见，不见，门掩落花庭院。（《如梦令》）

萧萧风叶，似与更声接。欲寄明珰非为怯，梦断兰舟桂楫。
学书只写鸳鸯，却应无奈愁肠。安得一双飞去，春风芳草池
塘。（《清平乐》）

我住长江头，君住长江尾，日日思君不见君，共饮长江水。
此水几时休？此恨何时已？只愿君心似我心，定不负相思意。
（《卜算子》）

毛晋最赏识端叔的词，他说端叔："小令更长于淡语、景语、
情语，如'鸳鸯①半拥空床月'，又如'步懒恰寻床，卧看游丝到

---

① 参见（清）永瑢等主编《钦定四库全书》："鸳衾"。

地长'；又如'时时浸手心头熨①，受尽无人知处凉；即置之《片玉》《漱玉集》中，莫能伯仲。至若'我住长江头……'直是古乐府俊语矣。叔旸不列之南渡诸家，得毋遗珠之恨耶？"毛晋之言虽未必尽当，但由此可以知道端叔词的价值了。

贺铸，字方回，卫州人（公元一〇六三年至公元一一二〇年）。元祐中，通判泗州，又倅太平州。后退居吴下，自号庆湖遗老。有《东山寓声乐府》三卷。有人说"东山诗文皆高，不独工于长短句"。但以词为最工。他有一首最著名的《青玉案》词：

凌波不过横塘路，但目送芳尘去。锦瑟年华谁与度？月台花榭，绮窗朱户，唯有春知处！

碧云冉冉蘅皋暮，彩笔空题断肠句。②试问闲愁都几许？一川烟草，满城风絮，梅子黄时雨。

这首词士大夫皆服其工，称他为贺梅子。他的状貌奇丑，又有贺鬼头的绰号。我们对于方回词，也更欣赏他的小词。再举他几首词例：

---

① 参见（清）永瑢等主编《钦定四库全书》："时时浸手心头熨"。
② 参见（清）上彊村民选编《宋词三百首》："……月桥花院，锁窗朱户，只有春知处！飞云冉冉蘅皋暮，彩笔新题断肠句。……"

小桃初谢，双燕归来也。记得年时寒食下，紫陌青门游冶。

楚城满目春华，可堪游子思家！惟有夜来归梦，不知身在天涯。（《清平乐》）

晓朦胧，前溪百鸟啼匆匆。啼匆匆，凌波人去，拜月楼空。

旧年今日东门东，鲜妆辉映桃花红。桃花红，吹开吹落，一任东风。（《忆秦娥》）

兰芷满汀洲，游丝横路。罗袜尘生步回顾，整鬟颦黛，脉脉多情难诉。细风吹柳絮，人南渡。

回首旧游，山无重数。花底深朱户何处？半黄梅子，向晚一帘疏雨。断魂分付春归去①。（《感皇恩》）

周济对于贺词的批评说："方回镕景入情，故秾丽。"张文潜更批评得好，他说："方回乐府，妙绝一时。盛丽如游金张之堂，妖冶如揽嫱施之袪，幽索如屈宋，悲壮如苏李。"这种批评未免夸张过分。山谷诗云："解道当年肠断句，而今只有贺方回！②"则方回为当时所推重，未尝无因也。

---

① 参见（清）上彊村民选编《宋词三百首》："……罗袜尘生步迎顾。……脉脉两情难语。……断魂分付与、春将去。"
② 参见（清）吴之振《宋诗钞》："解作江南断肠句，只今唯有贺方回。"

谢逸，字无逸，临川人。他是一个没有功名的文人。朱世英为抚州，举八行不就，闲居多从衲子游，不喜对书生。他是一个诗人，又是词人。但词过其诗。山谷读其诗云："使在馆阁，当不减晁（补之）、张（文潜）也。"漫叟题序其间，则谓"晁张又将避一舍矣"。著有《春秋广微》《樵谈》及《溪堂集》二十卷（已散佚）、《溪堂词》一卷。

谢逸有一首很著名的《江神子》，与贺方回的《青玉案》一样有名。词抄如下：

杏花村馆酒旗风，水溶溶，飏残红，野渡舟横，柳绿阴浓①。望断江南山色远，人不见，草连空。

夕阳楼外晚烟笼，粉香融，淡眉峰，记得年时相见画屏中。只有关山今夜月，千里外，素光同。

这是无逸过黄州杏花馆，题于驿壁上的词。过者必索笔于驿卒，驿卒苦之，以泥涂其词（据《能改斋漫录》所载）。这可想见其词之见重于当时了。《提要》称其"语意清丽，良非虚美"。此外无逸也有很好的小词：

---

① 参见（清）康熙皇帝御定编《御选历代诗余》卷四十六："杨柳绿阴浓"。

拍岸蒲萄江水碧，柳带挽归艎。破闷琴风绕袖凉，萩萩楝花香。

淡烟疏雨随宜好，何处不潇湘？愿作双飞老凤凰，莫学野鸳鸯。（《武陵春》）

碧梧翠竹交加影，角簟纱幮冷。疏云淡月媚横塘，一阵荷花风起隔帘香。

雁横天末无消息，水阔吴山碧。刺桐花上蝶翩翩，唯有夜深清梦到郎边。（《虞美人》）

香肩轻拍，尊前忍听，一声将息。昨夜浓欢，今朝别酒，明日行客。

后回来则须来，便去也，如何去得？无限离情，无穷江水，无边山色。（《柳梢青》）

《柳梢青》要算是《溪堂词》里面一首最佳妙的白话词。无逸的词，有的很雅致，白话词很少。但如《柳梢青》这样的作品，居然被刊落，至《六十家词》本始补入，便可以想见无逸一定有好白话词被删掉，而保留下来的刊本，不足凭借以概论作者了。

第十八讲

词人周清真

尹惟晓说："前有清真，后有梦窗。"陈郁《藏一话腴》说："美成二百年来，以乐府独步……"现在让我们来叙述这位二百年来以乐府独步的周清真吧。

周邦彦，字美成，清真是他的号。他的生年卒月，史传无载。我现在根据《宋史·文苑传》《处州府志》和《玉清新志》所载考证，知道周美成卒于宣和七年，倒数上去六十六年（美成年六十六），可知他生于嘉祐五年（公元一〇六〇年至公元一一二五年）。

西子湖边的钱塘，便是美成的生长地，他幼年受湖光山色的熏染，已经养成文学的个性了。《文苑传》载"美成疏隽少检，不为州里所重"，可见他是一个浪漫性的少年文人，但他却在少年期间"博涉百家之书"。元丰初，以太学生进《汴都赋》，神宗召为太学正。此时美成年少才华，益肆力于词。乃其后浮沉州县三十余年（见《挥尘余话》），过了半世流落不偶的生涯。可是他虽然流浪不偶，却受知遇于名妓，平生佳话极多，这是美成值得骄傲的生活。汴都名妓都爱唱美成的词。他与都中名妓曾有一段有趣味的故事：一天晚上，徽宗驾幸李师师家，周美成伏在师师的床下听着他们谑语，即隐括成一首《少年游》，词颇猥亵。徽宗闻知大怒，立刻贬押美成出都门。李师师为美成饯行，美成作了一首很哀痛的《兰陵王》，即"柳烟直"词，后来这首词毕竟得到徽宗大大的感动，召还为大晟乐正。美成做大晟乐正，不久，便迁徙于处州死了。综观美成一生，并没有什么耀显的功名，他只有文学上的成就——词。他的词集有三种刊本，一名《清真集》，一名《清真长短句》，一种是《片玉词》。以《片玉词》搜集得最丰富，现在往下介绍美成的词。

先举几首词作例子：

佳丽地，南朝盛事谁记？山围故国绕清江，髻鬟对起，怒涛寂寞打孤城，风樯遥度天际。

断崖树，犹倒倚，莫愁艇子曾系。空余旧迹，郁苍苍，雾沉半垒，夜深月过女墙来，伤心东望淮水。酒旗戏鼓甚处市？想依稀，王谢邻里。燕子不知何世，向寻常巷陌人家，相对如说兴亡斜阳里！（《西河》）

章台路，还见褪粉梅梢，试华桃树。愔愔坊陌人家，定朝燕子归来归处①。

_____

① 参见（清）上彊村民选编《宋词三百首》："章台路，还见褪粉梅梢，试花桃树。愔愔坊陌人家，定巢燕子，归来旧处。"

黯凝伫，因念个人痴小，乍窥门户。侵晨浅约宫黄，障风映袖，盈盈笑语。

前度刘郎曾到，访邻里同时歌舞，唯有归家秋娘声价如故。[①]吟笺赋笔，犹记燕台句。知谁伴名园露饮，东城闲步。事与孤鸿去！探春尽是伤离意绪，官柳低金缕。归骑晚，纤纤池塘飞雨，断肠院落，一帘风絮。（《瑞龙吟》）

北宋词人的词，有的很"雅致"的，如晏同叔、秦少游的词是；有的很"俚俗"的，如柳耆卿、黄山谷之词是；到了周美成便冶雅俗于一炉了。沈伯时之言说："凡作词当以清真为主，盖清真最为知音，且无一点市井气。"以上两首是他的雅词的例子。这种词用典用得很多，用事也很巧妙，偷用古人的辞句也用得自然不容易懂得，真不愧为"雅"。再看他的俚语词：

几日来真个醉，不知道窗外乱红，已深半指，花影被风摇碎。拥春酲，乍起。

有个人人，生得齐楚，来向耳边问道：今朝醒未？性情儿慢腾

---

① 参见（清）上彊村民选编《宋词三百首》："前度刘郎重到，访邻寻里，同时歌舞，唯有旧家秋娘，声价如故。"

腾地①，恼得人又醉！（《红窗迥》）

眉共春山争秀，可怜长皱；莫将清泪湿花枝，恐花也、如人瘦！

清润玉箫闲久，知音稀有。欲知日日倚栏愁，但问取、亭前柳！（《一落索》）

陈郁道："贵人学士市儇妓女皆知美成词为可爱。"大概美成的雅词，最受贵人学士的欢迎；他的俚词，则是受市儇妓女所欢迎了。现在不必再事征引美成的词，且看古人对于美成词怎样批评。

（一）善于铺叙。强焕说："美成词抚写物态，曲尽其妙。"周介存说："勾勒之妙，无如清真。他人一勾勒便薄，清真愈勾勒愈浑厚。"陈直斋云："美成长调，尤善铺叙，富艳精工……"因为要铺叙，所以须用长词。要在长调里面"抚写物态曲尽其妙"，除了用白描以外，自然是要用事了。美成的铺叙却是在用事上努力，如《瑞龙吟》《兰陵王》《西河》《六丑》这些的调子的长，都是几乎全篇用事。因此后人称美成："大抵词人用事圆转，不在深泥出处，其纽合之工，出于一时自然之趣。"（《野客丛书》）

---

① 参见（宋）周邦彦《片玉词》："……生得济楚，来向耳畔问道……情性儿慢腾腾地"。

（二）善融化诗句。刘潜夫说："美成颇偷古句。"陈直斋说："美成多用唐人诗隐括入律，混然天成。"张叔夏说："美成词浑厚，善于融化诗句。"本来"偷古句"的，和"用唐人诗入律"的，宋代的大词人都所不免，何止美成一人；不过美成"多用"唐人诗隐括入律，便得着善于融化诗句的称誉。

（三）音律严整。因为美成懂音律，故徽宗提举为大晟乐府。《宋史·文苑传》云："邦彦好音乐，能自度曲，制乐府长短句，词韵清蔚传于世。"又《四库提要》云："邦彦本通音律，下字用韵皆有法度，故方千里和词，一一案谱填腔，不敢稍失尺寸。"可见美成词音律的严整。

这三点评论，都是对于美成很好意的批评。据我们看来，除了第三点"音律严整"可以不加讨论，至于一二两点，说美成善于融化诗句吧，自然是对的。但是善于融化诗句，不必就是美成词的利益，不过在词里面削减几分创造性，增加几许古典气。至说美成善于铺叙吧，也不过是因为用事的巧妙。那么，我们最好拿柳耆卿来作比喻。耆卿与美成都是以善于铺叙著称的。但柳的铺叙，多用白描，词里面能够表现一种苦闷的情调出来；周之铺叙，则多用事，词里面古典的堆砌，割裂了词描写的生命。这是就铺叙方面论，美成的才气没有柳耆卿的才气来得大些。

现在再讲美成词的影响。

周介存《论词杂著》之言曰："美成思力，独绝千古。如颜平原书，虽未臻两晋，而唐初之法至此大备。后有作者，莫能出其范围矣。"一般的说法，都以周美成词为集北宋的大成，为南宋的宗法；此可见美成词影响之大。可以分两点来说。

（一）模拟。沈伯时说："作词当以清真为主……下字运意皆有法度。"所以后来作者皆以清真词为模拟的对象，极力模拟。即南宋的大词人，如姜白石、吴梦窗、史邦卿、王沂孙……没有不多少受一点清真词的影响。其余小作家，则往往圈套入清真词里面去翻不动身了。

（二）唱和。沈偶僧说："邦彦提举大晟乐府，每制一词，名流辄为赓和。东楚方千里、乐安杨泽民全和之。"我们试读和清真词，看他们一步一趋地拟和，简直以《清真集》当他们词的经典。

在有宋发生影响最大的周清真，后人凭借各人的主观，对于周词的批论形成了几种对峙的见解：有的说"周清真词有柳欹花嚲之致，沁人肌骨，视淮海不徒娣姒而已"（贺黄公语）；有的说"美成深远之致，不及秦欧"；有的说"词之雅郑，在神不在貌；少游虽作艳语，终有品格，方之美成，便有淑女与娼妓之别"（《人间词话》）；有的说"美成词如十三女子，玉艳珠鲜，未可以其软媚而少之"（彭羡门语）。评论纷纭，毁誉不一。平心而论，美成"言情体物，穷极工巧，故不失为一流之作者"，这最好作美成的总赞。

第十九讲

李清照评传

因为中国文学史最缺乏女性文学的创作，这位稀罕的女词人李清照，便成了我们极珍贵的叙述了。虽然我们历史上也有几位女作家，如汉之蔡琰、唐之薛涛，都在文学史上斐然有名的。但是蔡琰只有一首有名的《悲愤诗》，作品极少，未能树立一个作家的完整作风；薛涛的诗歌，是能够装成卷帙了，而拿她的诗拟之于曹植、陶潜、李白，绝不能够在平行的行列，而相差很远。只有这位女词人李清照，在宋代、虽则词人济济的宋代，而她的作品虽拟之于极负词名的辛弃疾、苏东坡，也绝不多让。有人称清照词为婉约之宗，更有人说李清照是北宋第一大词人，依我看来，这都不是过誉的批评。我们知道清照的成就，虽仅及于词的一方面，而她在文学史上的地位，已经与伟大的骚人屈原，诗人陶潜、杜甫，并垂不朽了。她不仅在女性里面是第一大作家，她的文名与作品已经与世界永存了。她的创作集《漱玉词》不过二十余首——原刊本有六卷——却都是精金粹玉之作。

易安居士李清照，宋济南人。她的父亲李格非，官礼部员外郎，母亲是王状元拱辰的孙女，皆工文章，有很好的文名。易安以公元一〇八二年（神宗元丰五年），生于历城西南之柳絮泉上。既得生于贵族的家庭，又有工文的父母，凭借遗传上禀赋的灵感，幼年即受她父母家庭教育的修养和熏陶，天才倾向文艺的李易安女史，此际即已深深种下文艺的创造慧根了。

时光流驶，易安已经由天真的垂髫女孩变为盈盈的少女。当她十八岁的那年，便脱离了她的处女时代，而和诸城赵挺之（官吏部侍郎）的儿子赵明诚结婚。这是她一生生活最美满的时代，由她的词"绛绡薄①，冰肌莹，雪腻酥香，笑语檀郎，今夜纱幬枕簟凉"（《采桑子》），"绣幕芙蓉一笑开，斜偎宝鸭依香腮，眼波才动被人猜"（《浣溪沙》），"怕郎猜道：奴面不如花面好。云鬓斜簪，徒要教郎比并看"（《减字木兰花》）这样的描写，总算能够深深烘托出少女的情致和心绪；这样的生活，总算是人生最美满的了。因为她的丈夫明诚是一个太学生，新婚未久，明诚遽尔出游。这自然是极难割舍的分别，易安有一首极有名的寄明诚的相思词："花自飘零水自流，一种相思，两处闲愁。此情无计可消除，才下眉头，却上心头。"（《一剪梅》）便是这时作的。

在结褵后的二年，明诚已经出仕。他的父亲挺之，亦升擢宰相。这时，他在馆阁的亲旧，多藏有亡诗逸史及古今名人的书画、三代的古器；明诚夫妇虽为宦族，然素来贫俭，故常典质衣物，来

---

① 参见（清）康熙皇帝御定编《御选历代诗余》："绛绡缕薄"。

购碑文书帖。夫妇相对展玩，他们自谓是"葛天氏之民"。记得有一次有人拿着徐熙画的《牡丹图》，要卖钱二十万，他们已经承受了，但因为没有钱只好退回去。为了这件事，曾经夫妇相对数日地惆怅，可见他俩嗜古之深呢！

此后明诚屏居乡里十年，家计已经不比从前清贫了。后官居青州、莱州，也是政简事闲，这时他们便开始《金石录》考证的工作。书籍的校勘签题、彝鼎画帖之摩玩舒卷，明诚得易安的帮助最多。而易安之博闻强记，更是使明诚倾倒。

青春的年华是这般容易消逝的；甜蜜的生涯，已成为过往的回忆了。当易安四十六岁的那年，明诚为他的母丧，奔丧到金陵，易安很凄苦地度她孤寂的生活，金人之陷青州，又把他们十余屋极珍重的饱含心血的藏书烧掉了，使她只有苦笑。而生父之遭罢免，更是使她悲愤无涯，她的诗有"何况人间父子情"的热泪。一方神驰于明诚，一方又眷怀乎故乡。她有一首《春残诗》，就是抒写乡愁的。

春残何事苦思乡，病里梳妆恨发长。

梁燕语多终日在，蔷薇风细一帘香。

后来易安南渡之后，更怀恋北都了。她的元宵赋《永遇乐》词"染柳烟轻吹梅笛，怨春意，知几许""于今憔悴风鬓霜鬓，怕向花间重去①"，就是有怀于京洛旧事。这时，明诚与易安都在江宁，不久，明诚罢官，将家于赣水。而高宗诏令明诚知湖州，明诚只身赴任，感暑疾发。时易安在池阳，得病讯急乘江东下，至建康已病危。这是萧瑟的深秋，明诚最后握别易安了。呜呼！"白日正中，叹庞公之机敏；坚或自堕，怜杞妇之悲深。②"我们读了易安的祭夫文，也要替她掉泪吧！

从此易安永远是孤侣了。从此易安以一悲痛余生的老妇人，又屡遭变乱。在建康既染沉疴，为"玉壶"事又几置身于狱，并且金兵攻陷洪州，把易安的书籍和家物一齐毁尽了。悲愤之余，易安此时已无家可归，只好往台州依其弟。适台州乱，守官已遁，乃泛海由章安辗转至越州，复至衢州。其后，又避乱西上，过严子陵钓台。时易安年已五十三，与弟李远卜居金华。风霜忧患之余，在她老年的《武陵春》词中有"风住尘香花已尽，日晚倦梳头。物是人非事事休，欲语泪先流。闻说双溪春尚好，也拟泛轻舟。只恐双溪舴艋舟，载不动许多愁"，很深恍地唱出往事的哀吟。

关于易安的晚景：有人说易安晚年改适张汝舟，夫妇不睦，易安有"猥以桑榆之晚景，配此驵侩之下材"之愤语。这样说的，有《苕溪渔隐丛话》《云麓漫钞》和《系年要录》诸书。但俞正燮在

---

① 参见（宋）张端义《贵耳集》："怕见夜间出去"。
② 参见（清）徐釚《词苑丛谈》："白日正中，叹庞翁之机捷；坚城自堕，怜杞妇之悲深。"

他著的《癸巳类稿》中，则根据许多理由，证明了这种说法是极谬妄的。

晚景悲凉，超代的女词人李易安，便是这样终她的残年了吧！不知她是否终老于金华？不知她是不是还要在别处流浪？我们临风怀想，何处去吊她的孤坟呢？

谈到李易安的文艺，能够使我们格外地起劲！

我们要了解易安的词，应先明了易安对于词及词人的观念。我们知道易安是怎样一个极傲视的作家，她对于先代作者并不曾允许有一个完善的词人。她评柳永"虽协音律而词语尘下"；她评欧阳（修）、晏（殊）、苏（轼）虽"学际天人，然作为小歌词，皆句读不葺之诗尔。又往往不协音律……"；她评王介甫、曾子固"若作为小歌词，则人必绝倒，不可读也"；她评晏叔原"苦无铺叙"；评贺方回"苦少典重"；秦少游"专主情致而少故实"；黄庭坚"尚故实，而多疵病"；至于张子野、宋子京辈，则虽"时时有妙语，而破碎何足名家"；她更讥嘲一切当代应举进士，"露华①倒影柳三变，桂子飘香张九成"。我们看这位傲视一世的女词人，她否认一切先代的词家；由此，可知她的文艺的来源，绝不是熏染先代的遗传和影像而"戛然独造"了！

生活的活跃，正是文艺的泉源。有许多作者的无病呻吟、许

---

① 参见（清）康熙皇帝御定编《御定佩文韵府》："露花"。

多作家的千篇一律，那都是因为缺乏生活的背景。李易安虽属"名门闺女"，虽属"贵族妇人"，但终她的一生都在和生活相激荡，跃动生命的高潮、青春的欢娱、少女的情怀；他俩的艺术生活，早已如梦地飞去了。而新婚的惨别、故乡的眷恋、生父之罢免、翁姑的死亡，处处都刺激易安无穷的哀感。至于爱人之遽逝，家产之荡失，书籍之焚毁，病躯呻吟，无人慰侍，辗转千里，倚恃弱弟，这样的晚境，自然产生繁复的文学内容，不但不是镇日长闺门的少妇所能比拟，也不是那低斟浅酌风流自赏的名士生活所能企及。易安足迹所至：北地是她的故乡，是她少年时代踯躅之所，她晚年更走遍了大江南北。《清波杂志》记她的故事："明诚在建康日，易安每值天雪，即顶笠披蓑，循城远览以寻诗。得句必邀其夫赓和，明诚苦之。"我们看这一段的记载，知道易安是怎样地爱好自然，投向大自然去直接寻找诗意的材料。

综合起来，可知易安是有（一）活跃的生命、（二）繁复的生活、（三）广博的涉览、（四）实际的感情经验，来作她创作的文学内容。再加上她文学的天才、艺术的技巧，怎么不会创作伟大的作品出来呢？

生活与环境的变居把李易安的整个人生截成两片不同的染色。以四十六岁为她生活的划界。在前期，那是童年的憧憬，是少女的情怀，是初恋的生活；在后期，那是奔驰的孤苦，是孀居的凄凉，是颓废的晚境。前者是喜剧，后者是悲剧。在李易安作品里面，显然划成这一条鸿沟。如"怕郎猜道：奴面不如花面好。云鬓斜簪，徒要教郎比并看""眼波才动被人猜"，是何等的妖艳！而"物是人非事事休，欲语泪先流""只恐双溪舴艋舟，载不动许多愁"，又何等的凄凉！这是易安词的分野线。

易安词的内容既这么丰富，那么她的外形呢？若是讲到艺术上来，我们可以发现易安词的技巧，擅在运辞与造辞两方面：

（一）运辞。易安每能运用最通俗极粗浅的话头，放在词里面，做成很美妙的诗句。彭羡门说："李易安'被冷香消新梦觉，不许愁人不起'，皆用浅俗之语，发清新之思，词意并工……"《贵耳录》评易安词："皆以寻常语入音律①，炼句精巧则易，平淡入调者难。"如"这次第，怎一个愁字了得"，这是平常语，用在词上，便成为活跃的写意了。

（二）造辞。运辞还是借旧皮囊来装新酒，造辞则是由易安自制的新皮囊了。易安凭她艺术的技巧，往往硬造许多辞，那自然也是美丽而新鲜的。如"宠柳娇花""绿肥红瘦"，《渔隐丛话》及《词评》谓其清新奇丽之甚。"清露晨流，新桐初引"，则化入世说的语意。又如《声声慢》诸词，前面连用"寻寻觅觅，冷冷清清，凄凄惨惨切切"十四叠字，后面又用"梧桐更兼细雨，到黄昏点点滴滴"，真是大珠小珠落玉盘，运辞之技巧、描写之真切，已

---

① 核查（宋）张端义《贵耳录》实为"皆以寻常语度入音律"。

经极艺术之能事的极限了。

从来对于《漱玉词》的评论，已经有不胜记的奖饰和夸张了。即以朱熹之恶文笔尚道德，也说本朝的女作者，只有曾相布妻魏氏及李易安。就说这种批评也不是没有成见的，那么当易安的丈夫赵明诚，不甘服易安想胜过她的词时，把他苦吟的几十首词，杂以易安重阳《醉花阴》词，呈示于友人陆德夫。而陆德夫玩诵再三后所指出的绝妙三句，"莫道不消魂，帘卷西风，人比黄花瘦"，却正是易安之作。

同时也不是没有贬损《漱玉词》的。如王灼在他的《碧鸡漫志》里面便说"易安词于妇人中为最无顾藉"，《水东日记》更攻击"易安词为不祥之物"。这种非由艺术观点的批评，何尝对于《漱玉词》有丝毫贬损呢？

自来被称为伟大词人的李易安，她的诗也是很有名的：《碧鸡漫志》称她"并有诗名，才力笔瞻①，逼近前辈"。她还能作画，明人陈傅良藏有她画的《琵琶行图》，莫廷韩也藏有她的画《墨竹》。不过，这只是易安的末技！

与李清照同负词名的女词人，有朱淑真。她约略生在清照后数十年光景，（《蕙风词话》说淑真是北宋人，这未免太离奇了）号幽栖居士，钱塘人，工诗及词。她的命运比李清照更要酸苦了，嫁

---

① 核查《碧鸡漫志》实为"自少年便有诗名，才力华赡"。

与市井的侩子做妻，一生便这样地悒郁无聊，永沦于痛苦里面，消磨她的青春美景了。其词著名的《断肠》，正是她的生活的缩影。看她的词吧：

春已半，触目此情无恨！十二阑干倚遍，愁来天不管。

好是风和日暖，输与莺莺燕燕。满院落花帘不卷，断肠芳草远！（《谒金门》）

迟迟风日弄轻柔，花径暗香流。清明过了，不堪回首，云锁朱楼。

午窗睡起莺声巧，何处唤春愁？绿杨影里，海棠亭畔，红杏梢头。（《眼儿媚》）

玉体金钗一样娇，背灯初解绣裙腰，衾寒枕冷夜香消。深院重关春寂寂，落花和雨夜迢迢，恨情和梦更无聊！（《浣溪沙》）

淑真也有很好的艳词，如“娇痴不怕人猜，和衣睡倒人怀”（《清平乐》），“月上柳梢头，人约黄昏后”（《生查子》）。这样的词，有许多人说不是朱淑真作的（《生查子》词又见《六一词》），这里也不繁事征引了。

第二十讲

词人辛弃疾

北宋为了受金兵不堪的压迫，把一个都城不得已地由汴京移到临安来，政治上显示多少的纷动，社会上感受无穷的创伤。经过这样巨大的牺牲以后，而所成就的，不过助长几个英雄志士的成名、几个诗人词家作品的成功而已。弃疾便是成名的英雄里面的一个，同时，又是成功的词人里面的一个。伟大的词人辛弃疾，近人王国维氏评他说："南宋词人，白石有格而无情，剑南有气而乏韵；其堪与北宋人颉颃者，惟一幼安可耳。"其实，我们即老实说弃疾是南宋第一大词人，也不算是夸张吧。

现在让我们来叙述辛弃疾的生平。

醉里挑灯看剑，梦回吹角连营。八百里分麾下炙，五十弦翻塞外声。沙场秋点兵。

马作的卢飞快，弓如霹雳弦惊。了却君王天下事，赢得生前身后名。可怜白发生！（《破阵子》）

这是辛弃疾赠给他的好友陈同甫的一首词。他的一生，大概就是在这样想望的事业中消磨过去了。

辛弃疾字幼安，号稼轩。生于公元一一四〇年，卒于公元一二〇七年。山东历城人，与女词人李易安同乡。他的词受这位女词人的影响很不小。当他拿他的诗和词去谒见蔡光时，这位青年的作者，已经被发现是未来的词坛极有希望的耀星了。

辛弃疾开始他的事业，是当二十一岁的时候。这时，弃疾与他的幼年朋友党怀英，由滑稽的卜筮，决定怀英留事金，弃疾则归南。适此时，耿京在山东起兵，节制山东河北诸军，弃疾即慨然应允掌他的书记。于是我们这位少年英雄的事业便开始了。一次，有一个被弃疾招安允受耿京节制的僧义端，一夕窃印逃。耿京惶恐无状，欲杀弃疾。弃疾立即限期追斩义端还以复命。这件事取得耿京的最大信仰。不久，弃疾受命回南宋奉表去了，耿京忽为张安国等所杀以降金。弃疾立即驰返海州，以最敏捷的手段聚集旧部，夜袭金营，生擒张安国等戮之于市。这件事又受宋高宗的荣赏。这还不能算弃疾最好的夸耀，仅小试其锋吧！最值得夸耀的，是创设飞虎营。

湖湘盗起，声势浩大，高宗命弃疾去讨抚。依次剿杀了赖文政诸大盗。于此，弃疾即草了一个百年治安的大策，就是创设飞虎营，以屏障东南半壁。这件事经过许多人反对，而且破坏，高宗也下了阻止的诏令，弃疾乃奋其神勇，不顾君命，于一个月内招集步军二千人、马军五百人，成功他的飞虎营。军成雄镇一方，为江上诸军之冠，时人皆惊服其英豪。这种作为，我想，就是拟之于古之名将也不为过分吧？

如其是英雄，没有不义侠的，观之于弃疾信然。弃疾的同僚吴交如死，无棺殓。弃疾叹曰："身为列卿，而贫若此，是廉介之士也。"既厚赙之，复言于执政，诏赐银绢。他又和朱熹友善，后来"朱熹殁时，伪学禁方严，门生故旧至无送葬者，弃疾为文往哭之曰：'所不朽者，垂万世名。孰谓公死？凛凛犹生！'"（引见《宋史》四百一卷本传）这都可以看出弃疾的侠义。

我们知道辛弃疾是不甘伏枥的大英雄，他和岳飞辈同样地抱着恢复中原直捣黄龙的大宏愿。不幸悒郁于南宋，怀抱莫展，虽有机会小试其锋，却如何能扬眉吐气？观其与陈同甫抵掌夜谈，天下的形势与成败，如在指掌，是何等的英昂！然而这种英昂之气，只在辛弃疾的想望中消失去了。

这时，辛弃疾已经很老了。虽节节地做上高官，却不是他愿意，屡次辞免。他连家事也不管了，付之儿孙辈去管理。他说："乃翁依旧管些儿：管山，管竹，管水①。"（《西江月》）他住在带湖的新居，那是一个轩窗临水，还有小舟行钓，沿岸柳枝笛条，竹篱扶疏，有秋菊堪餐，有冬梅可观，有春兰可佩的乐园。他天天不顾命地狂饮。到这时候，他发为词，更沉痛苍凉之极。这大

---

① 参见（清）康熙皇帝御定编《御选历代诗余》："管竹，管山，管水"。

概是抒发那少年时没有抒发出来的英豪之气。梨庄谓其"悲歌慷慨，抑郁无聊之气，一寄之于词"。当辛弃疾回过头来，追忆时：

壮岁旌旗拥万夫，锦襜突骑渡江初；燕兵夜娖银胡䩮，汉箭朝飞金仆姑。

追往事，叹今吾！春风不染白髭须。却将万字平戎策，换得东家种树书。（《鹧鸪天》）

呵呵，"了却君王天下事，赢得生前身后名"，这是辛弃疾永远的怅望了呢！

我们要谈到辛弃疾的文艺了。

对于《稼轩词》，普遍有两个误解，不得不先辨明一下：第一，就是误解辛弃疾只会作豪放的词。以辛弃疾那样生活繁复的生平，从文艺上表现出来，自然要形成一种异样的光彩。尤以弃疾那样过的英雄事业的生活，每当酒酣耳热、击节而歌之际，所作的自然是奔放不羁的豪词，世人遂以豪放派词人目之，这却不免笼统了。我想什么"豪放派""婉约派"的名目，至多只能概括生活极单调的词人。而谓像波涛激荡的生平的辛弃疾，他的词可以用简单两个字概括之吗？第二种误解，对于《稼轩词》，就是以为弃疾作词，只会触景生情，一气呵成，不假修饰。这种话自然是对于《稼轩词》的赞美。一部分的《稼轩词》，的确是这样作成的。但有许多词，却是弃疾焦思苦吟出来的。岳珂《桯史》记："弃疾自诵其《贺新凉》《永遇乐》二词，使座客指摘其失。珂谓《贺新凉》词，首尾二腔，语句相似；《永遇乐》词，用事太多。弃疾乃自改其语，日数十易，累月犹未竟。其刻意如此……"可知弃疾之苦吟。

辨明了这两个误点，进一步考察《稼轩词》的来源。

对于古代文人，弃疾最崇拜的要算是陶潜，他说："陶县令是吾师。"这因为弃疾的性格是浪漫的，是嗜好山水的，他不爱做官。他说："平生不负溪山债，百药难医书史淫。"他说："而今何事最相宜？宜醉，宜游，宜睡。"从这里看弃疾的性格与陶潜是很能合拍的。对于陶潜的作品，他更是倾倒极了。他常读渊明诗，不能去手。他赞美渊明诗："千载后，百篇存，更无一字不清真。"在这般热烈倾倒之下，弃疾的文艺，无形中受陶诗的熏染自然不少。

此外，弃疾相似于古人的：他的胸襟，他的豪致，他的颓放，有似于李太白；他的用白话描写，引俗语入词，又受了白乐天的调度；而他受词的影响，最大的莫过于《花间集》，如他有一首《唐河传》：

春水千里，孤舟浪起。梦携西子，觉来村巷夕阳斜，几家短墙红杏花。

晚云做造些儿雨，折花上岸去。谁家女，太颠狂。①那边柳线
被风吹上天。

这首词是效《花间》体，假如杂入《花间集》里面去，谁知道
这是辛弃疾作的呢？辛弃疾拟效《花间》体的词很多，《河渎神》
的"芳草绿萋萋"，便又是一个好例。

复次，辛弃疾对于现代词人很受两个人的影响不小。一个是苏
东坡：辛、苏的性格与脾气，可以说是没有两样的，笔致和气骨，
也能相合拍。一个是李易安：易安是他的同乡，他幼年即受这位女
词人词名的震烁了。集中屡有效易安体，如《丑奴儿近·在博山
道中》：

千峰云起，骤雨一霎儿价。更远树斜阳，风景怎生图画？青旗
卖酒，山那畔别有人家。只消山水光中，无事过这一夏。

午醉醒时，松窗竹户，万千潇洒；野鸟飞来，又是一般闲暇！
却怪白鸥觑着人，欲下未下。旧盟都在，新来莫是别有说话。

这两个词人，苏对于辛的影响，是成就他豪放的词；李对于辛

---

① 参见（清）康熙皇帝御定编《御选历代诗余》卷二十五："折花去岸上。谁家
女，太狂颠。"

的影响，是成就他婉约的词。

不过，我们还应该知道：《稼轩词》的价值，全在他创造性的充实。他虽然受古人近人的影响，他虽然不鲜效《花间》体，效白乐天体，效李易安体，但他却并不受骸骨的束缚。他的思想的奔放、他的描写的自由，岂但不是古人所能镣铐；他的艺术上的造诣，还要"青出于蓝"，还要后来居上，超越昔人的成功。

以下分别介绍《稼轩词》：

（一）自叙词。广义一点说来，凡是弃疾的词，都可以说是他自叙的。不过，这里却专指他描写身世之感的词。他这种词，显然分为两类：一是英气横溢的豪语，一是壮志未酬的恨声。前者是少年时代的作品，保留下来的不多。且举他一首与韩南涧的词为例，弃疾作此词时，已经四十五岁了，但还充满着少年的英气。

渡江天马南来，几人真是经纶手？长安父老，新亭风景，可怜依旧！夷甫诸人，神州沉陆，几曾回首？算平戎万里，功名本是真儒事，君知否？

况有文章山斗，对桐荫满庭清昼。当年堕地，而今试看风云奔走。绿野风烟，平泉草木，东山歌酒。待他年，整顿乾坤事了，为先生寿！（《水龙吟·为韩南涧尚书寿》）

这样英气潜溢的豪语，多半是在北方和南渡时作的。这时他那"了却君王天下事，赢得生前身后名"的少年志气和满肚皮的希望，一一从词里表白出来。及到南宋偏安已定，恢复不成，弃疾此时已经"英雄无用武之地"而且华年逝去，"可怜白发生"了。半世的抱负和希望，没有尝试一下，都成了泡影，哪里不痛心呢？所以弃疾老年的作品，尽是满肚皮的牢骚和怨恨。如：

……将军百战身名裂，向河梁、回头万里，故人长绝。易水萧萧西风冷，满座衣冠似雪，正壮士悲歌未彻。啼鸟还知如许恨，料不啼清泪长啼血。谁共我，醉明月？（《贺新郎·别茂嘉十二弟》）

……长门事，准拟佳期又误。蛾眉曾有人妒。千金纵买相如赋，脉脉此情谁诉？君莫舞，君不见玉环、飞燕皆尘土。闲愁最苦！休去倚危栏，斜阳正在烟柳断肠处。（《摸鱼儿》）

《摸鱼儿》一词，哀怨之极，几乎贾祸。再举一词为例：

故将军饮罢夜归来，长亭解雕鞍。恨灞陵醉尉，匆匆未识，桃李无言。射虎山横一骑，裂石响惊弦。落魄封侯事，岁晚田园。

谁向桑麻杜曲，要短衣匹马，移住南山。看风流慷慨，谈笑过残年。汉开边，功名万里，甚当时健者也曾闲。纱窗外，斜风细

雨，一阵轻寒！（《八声甘州·用李广事赋寄杨民瞻》）

（二）怀古词。怀古的词，在弃疾词里面是很占重要位置的一类，他的一团豪兴与牢骚，往往于凭高吊古眺远伤怀的时候，借托古英雄发泄出来。所以一壁是怀古，一壁也是自叙。

千古江山，英雄无觅孙仲谋处。舞榭歌台，风流总被雨打风吹去。斜阳草树，寻常巷陌，人道寄奴曾住。想当年金戈铁马，气吞万里如虎。

元嘉草草，封狼居胥，赢得仓皇北顾。四十三年，望中犹记烽火扬州路。可堪回首，佛狸祠下，一片神鸦社鼓。凭谁问：廉颇老矣，尚能饭否？（《永遇乐·京口北固亭怀古》）

何处望神州？满眼风光北固楼。千古兴亡多少事，悠悠，不尽长江滚滚流。

年少万兜鍪，坐断东南战未休。天下英雄谁敌手？曹刘。生子当如孙仲谋。（《南乡子·登京口北固亭》）

（三）抒情词。谈到弃疾的抒情词来，格外有趣了。真正说，辛词只有抒情词，才算艺术的表现。沈谦说："稼轩词以激扬奋厉为工，至'宝钗分，桃叶渡'一曲，昵狎温柔，魂消意尽，才人伎俩，真不可测。"这有什么不可测？唯大英雄乃大情痴，如以楚项羽之霸，当其无面见江东之际，歌"虞兮虞兮奈若何！"亦魂消意尽，一往情深了，何况"富贵非吾事，儿女古今情①"的辛弃疾呢？看他的词：

少年不识愁滋味，爱上层楼；爱上层楼，为赋新词强说愁。

而今识尽愁滋味，欲说还休；欲说还休，却道天凉好个秋！

（《丑奴儿》）

郁孤台下清江水，中间多少行人泪。西北望长安，可怜无数山！

青山遮不住，毕竟东流去。江晚正愁予，山深闻鹧鸪。（《菩萨蛮·书江西造口壁》）

近来愁似天来大，谁解相怜。谁解相怜，又把愁来做个天。

都将千古无穷事，放在愁边。放在愁边，却自移家向酒泉。

（《丑奴儿》）

昨日春如十三女儿学绣，一枝枝、不教花瘦。甚无情，便下得

---

① 参见（清）康熙皇帝御定编《御选历代诗余》："儿女古今情，富贵非吾事。"

雨僝风僽，向园林，铺作地衣红绉。

而今春似轻薄浪子难久。记前时送春归后，把春波都酿作一江醇酎，约清愁，杨柳岸边相候。（《粉蝶儿》）

有得许多泪，更闲却许多鸳被。枕头儿放处，都不是旧家时，怎生睡？

再也没书来，那堪被雁儿调戏！道无书，却有书中意；排几个人人字。（《寻芳草·嘲陈莘叟忆内》）

登山流水送将归，悲莫悲分生别离。不用登临怨落晖。昔人非，惟有年年秋雁飞。（《忆王孙·秋江送别》）

此外弃疾还有更长的描写，如"更能消几番风雨，匆匆春又归去。惜春长，怕花开早，何况落红无数！春且住，见说道天涯芳草无归路。怨春不语：算只有殷勤，画檐蛛网，尽日惹飞絮……"（《摸鱼儿》），"绿树听鹈鴂，更那堪鹧鸪声住，杜鹃声切。啼到春归无寻处，苦恨芳菲都歇……""宝钗分，桃叶渡，烟柳暗南浦。怕上层楼，十日九风雨。断肠片片飞红，都无人管，更谁劝流莺声住？"（《祝英台近》）描写之工，在南宋人词中要算是很稀罕的。

最后，我们对于辛弃疾的词怎样地批评？那么古人已经有了许多重要见解，值得我们珍贵的。古人往往爱排列几个作家，做比较的批评。于批评辛弃疾也是这样。

（一）辛弃疾与苏轼。世人每以苏辛并称，但苏不如辛，古人早已说过了："苏辛并称，东坡天趣独到处，殆成绝调①，而苦不经意，完璧甚少；稼轩则沉着痛快，有辙可循，南宋诸公，无不传其衣钵，固未可同年而语也。"（《宋四家词序论》）"世以苏辛并称，苏之自在处，辛偶能到之；辛之当行处，苏必不能到。"（《论词杂著》）

（二）辛弃疾与姜白石。辛姜为南宋二大词人，古人批评他俩说："北宋词多就景叙情，故珠圆玉润，四照玲珑。至稼轩白石一变而为即事叙景，使深者反浅，曲者反直。吾十年来服膺白石，而以稼轩为外道。由今思之，可谓瞽人扪籥也。稼轩郁勃故情深，白石旷放故情浅；稼轩放纵故才大，白石局促故才小……"（《论词杂著》）"白石脱胎稼轩，变雄健为清刚，变驰骤为疏宕；盖二公皆极热中，故气味吻合。辛宽姜窄，宽故容藏，窄故斗硬。"（《四家词序论》）

东坡为北宋最有名的词人，白石为南宋词人之宗，而古人都以为不及辛弃疾，可知弃疾词在文学史上的地位，原来是很高的。率性再举几个古人的批评。

梨庄云："稼轩当弱宋末造，负管乐之才，不能尽展其用，

---

① 核查《宋四家词序论》，实为"殆成绝诣"。

一腔忠愤，无处发泄，……故其悲歌慷慨抑郁无聊之气，一寄之于词。"

刘后村云："公所作，大声镗鞳，小声铿鍧，横绝六合，扫空万古；其秾丽绵密者，亦不在小晏秦郎之下。"

毛晋云："词家争斗秾纤，而稼轩率多抚时之作，磊落英多，绝不作妮子态……"

王阮亭云："石勒云：'大丈夫磊磊落落，终不学曹孟德、司马仲达狐媚。'读《稼轩词》，当作如是观。"

彭羡门云："《稼轩词》胸有万卷，笔无点尘，激昂排宕，不可一世。"

周介存云："稼轩敛雄心，抗高调；变温婉，成悲凉。"

楼敬思云："稼轩驱使庄骚经史，无一点斧凿痕，笔力甚峭。"

纪昀云："其词慷慨纵横，有不可一世之概。……异军突起，能于剪红刻翠之外，屹然别立一宗。"

胡适云："他（辛弃疾）的词，无论长调与小令，都能放恣自由，淋漓痛快！"

由这些批评，我们约莫知道了辛词的美的一方面，却不是没有指摘的地方。如宋徵璧云："辛稼轩之豪爽，而或伤之羁[1]。"刘克庄云："……放翁、稼轩一扫纤艳，不事斧凿，高则高矣；但时

---

[1] 参见（清）江顺诒《词学集成》："而或伤于霸"。

时掉书袋，要是一癖。"更有人说他的词不是词，而是词论。现在我们总括上面的批评，得一个平允的结论：

"辛弃疾的才气极大，在他的长调里面，往往能够表现一种伟大的英雄气魄，虽有时不免掉书袋，不免用事太多，却用得自然活泼，并不觉得累赘束缚，依然有放恣自由淋漓痛快的精神。他的小词，则由他的巧妙的艺术，把他那深沉而微妙的情思，用白话白描出来，好像是滑稽的，却有古乐府歌谣的好处——歌谣的描写，还没有这样活泼而深刻呢。在宋人词人里，辛词要算是最成功的了。"

辛派的词人

　　属于辛弃疾一派的词人,有陆游、刘过、刘克庄。

　　陆游,他是南宋极有名的一个诗人,同时又是一个词人。字务观,越州山阴人,生于北宋宣和七年。范成大帅蜀时,陆游为参议官。嘉泰初,诏同修国史兼秘书监,以宝章殿符制致仕,卒于嘉定三年(公元一一二五年至公元一二一○年)。游为人颇浪漫不羁,人讥其颓放,因是号放翁。有《剑南集词》一卷。

　　我们在表面上,只认识了放翁是一个颓放的文人,殊不知他骨子里真是一个有心肝有血气的男子。他晚年虽依附于韩侂胄,似乎不能证明他是失节了。不过他的好名心的确很重,这也是文人的通病。从放翁晚年的词里面,可知他也是一个很可惋惜的埋没了的志士。看他的《双头莲》词:"华鬓星星,惊壮志成虚,此身如寄。萧条病骥,向暗里消尽当年豪气……"又如:"……回首杜陵何处?壮心空万里,人谁许?"(《感皇恩》)"……自许封侯在万里,有谁知?鬓虽残,心未死!"(《夜游宫》)"封侯万里"本不算奇,然在词里面有这么一团豪气,自是可喜的。《夜游宫》的全词是:

雪晓清笳乱起，梦游处不知何地。铁骑无声望似水。想关河，雁门西，青海际。

睡觉寒灯里，漏声断月斜窗纸。自许封侯在万里。有谁知？鬓虽残，心未死！（《夜游宫·记梦》）

"英雄的梦"，只是偶然的回忆吧！放翁普通的词，常有萧疏之致：

茅檐人静，蓬窗灯暗，春晚连江风雨。林莺巢燕总无声，但月夜常啼杜宇。

催成清泪，惊残孤梦，又拣深枝飞去。故山犹自不堪听，况半世飘然羁旅！（《鹊桥仙·夜闻杜鹃》）

一竿风月，一蓑烟雨，家在钓台西住。卖鱼生怕近城门，况肯到红尘深处？

潮生理棹，潮平系缆，潮落浩歌归去。时人错把比严光，我自是无名渔父。（《鹊桥仙》）

一春常是雨和风，风雨晴时春已空。谁惜泥沙万点红？恨难穷，恰似蓑翁一世中。（《忆王孙》）

云千重，水千重，身在千重云水中，月明收钓筒。

头未童，耳未聋，得酒犹能双脸红，一尊谁与同？（《长相思》）

《剑南集词》也是被刘克庄讥为与辛弃疾同样有"爱掉书袋"的癖。杨慎在他的《词品》里面则说："其纤丽处似淮海，雄爽处①似东坡。"纪昀在《提要》里面说："……驿骑于二家之间，故奄有其胜，而皆不能造其极。"据我看来，一部分《放翁词》可以适用毛晋的批评——"豪爽处似稼轩"；一部分的词，可以适用宋徵璧的批评——"陆务观之萧散，而或伤于疏"。

刘过，字改之，号龙洲道人，襄阳人（或作太和人，或作新昌人）。曾上书请光宗过宫，并致书宰相陈恢复方略。不用，乃放浪湖海，啸嗷自适，宋子虚称他为天下奇男子。有《龙洲词》一卷。

改之，系辛弃疾的热烈崇拜者（其词有"古岂无人，可以似若稼轩者谁？"）。他曾为弃疾的幕客，英雄的志趣既略相同，常相与饮酒填词相酬唱。一部分的《龙洲词》，便是受辛词的感染极深的产品（集中效稼轩体很多）。这种作品虽然也有"恣肆自由"的力量，终究不是改之的体裁与风格。不过改之的才气颇大，不致陷溺于摹仿的域中而埋没了个性，他那宏阔的气宇，在词里画出显然的轮廓来。

---

① 参见（清）永瑢等编《四库全书总目提要》："雄快处"。

　　镇长淮，一都会，古扬州。升平日，朱帘十里，春风小红楼。谁知艰难去，边尘暗，胡马扰，笙歌散，衣冠渡，使人愁！屈指细思，血战成何事？万户封侯。但琼花无恙，开落几经秋，故垒荒丘似含羞。

　　怅望金陵宅，丹阳郡，山不断绸缪。兴亡梦，荣枯泪，水东流，甚时休？野灶炊烟里，依然是宿貔貅。叹灯火，今萧索，尚淹留。莫上醉翁亭，看漾漾细雨，杨柳丝柔。笑书生无用，富贵拙身谋，骑鹤东游。（《六州歌头》）

　　改之的词体，除了受辛弃疾的感染外，在他词集一部分的词，很能够有种娟秀的风致。

　　别酒醺醺浑易醉，回过头来三十里。马儿不住去如飞，牵一憩，坐一憩，断送杀人，山与水。

　　是则青山终可喜，不道恩情拼得未？雪迷材店酒旗斜，去则是，往则是，烦恼自己烦恼你。[1]（《天仙子·别妾》）

---

[1] 参见（清）康熙皇帝御定编《御选历代诗余》卷一百十八："别酒醺醺浑易醉，回过头来三十里。马儿不住去如飞，行一憩，牵一憩，断送杀人，山共水。是则功名真可喜，不道恩情抛得未？梅村雪店酒旗斜，去也是，住也是，烦恼自家烦恼你。"

晓入纱窗静，戏弄菱花镜。翠袖轻匀，玉纤弹去，小妆红粉画行人。愁外两青山，与尊前离恨。

宿酒醺难醒，笑记香肩并。①暖借莲腮，碧云微透，晕眉斜印，最多情。生怕外人猜，拭香津微揾。（《小桃红·咏美人画扇》）

忆憎憎地②，一捻儿年纪，待道瘦来肥不是，宜著淡黄衫子。

唇边一点樱多，见人频敛双蛾。我自金陵怀古，唱时休唱西河。（《清平乐·赠妓》）

在这些词里面，改之那一团"斗酒彘肩，风雨渡江，岂不快哉"的豪气，不知哪儿去了。毛晋说："《稼轩集》中能有此纤秀语耶？"但改之有些词如《沁园春》咏美人指甲、咏美人足数词，则未免太纤丽而无气骨了。

刘克庄，字潜夫，号后村，莆田人。淳祐中，以"文名久著，史学尤精"，受理宗的特识，赐同进士出身。因此负一代盛名，官至龙图阁直学士。词有《后村别词》一卷。

后村也是一个很想做点事业的人，虽然终于没有什么成就。在他的许多词里面，抒发了不少的感怀和愤慨，可以看得出来：

---

① 参见（宋）刘过《龙洲集》："晓入纱窗静……小妆红粉靓行人……笑把香肩并。"
② 参见（宋）刘过《龙洲词》："忆憎憎地"。

……叹年光过尽，功名未立；书生老去，机会方来。使李将军遇高皇帝，万户侯何足道哉！披衣起，但凄凉感旧，慷慨生哀。（《沁园春》）

……怅名姬骏马，都入昨梦。只鸡斗酒，难道新丘。天地无情，功名有数，千古英雄只么休。平生独羊昙一个，泪洒西州。①（《沁园春》）

两河萧索惟狐兔，问当年、祖生去后，有人来否？多少新亭挥泪客，谁梦中原块土？算事业须由人做。应笑书生心胆怯，向车中、闲置如新妇。空目送，塞鸿去。（《贺新郎》）

……高冠长剑都闲物，世上切身惟酒。千载后，君试看，拔山扛鼎俱乌有，英雄骨朽！问顾曲周郎，而今还解，来听小词否？（《摸鱼儿·感叹》）

说起刘克庄来，仿佛他与辛弃疾很不同调，他说辛词"爱掉书袋"。究竟克庄受辛词的影响，委实不少，如"老子年来颇自许，

---

① 参见（明）陈耀文《花草粹编》："……都如昨梦……难到新邱……平生客独羊昙一个……"

铁石心肠，尚一点消磨未尽……""使李将军，遇高皇帝，万户侯何足道哉！"和"有个头陀形等枯株，心犹死灰……"这样的句调，却很有辛词的风格。以下举几个非辛词体的例：

　　甚春来冷烟凄雨，朝朝迟迟芳信？蓦然作暖晴三日，又觉万殊娇困。天怎忍，潘令老不成，也没看花分。才情减尽，怅玉局飞仙，石湖绝笔，孤负这风韵。

　　倾城色，懊悔佳人薄命。墙头岑寂谁问？东风日暮无聊赖，吹来胭脂成粉。君细认，花共酒，古来二事天犹客。年光去迅，谩绿成阴，苍苔满地，做取异时恨。①（《摸鱼儿·海棠》）

　　纸帐素屏遮，全似僧家。无端霜月闯窗纱，唤起玉关征戍梦，几叠寒笳。

　　岁晚客天涯，短发苍华；今年衰似去年些。诗酒新来都减价，孤负梅花。②（《浪淘沙·旅况》）

　　朝有时，暮有时，潮水犹知日两回。人生长别离！

---

① 参见（清）康熙皇帝御定编《御选历代诗余》卷九十三："……朝朝迟了芳信……又觉万株娇困……懊恼佳人薄命……漫绿叶成阴……"

② 参见（明）陈耀文《花草粹编》："惊起玉关征戍梦……鬖发苍华……诗酒近来都减价……"

来有时，去有时，燕子犹知社后归。君行无定期！（《长相
思·寄远》）

风萧萧，雨萧萧，相送津亭折柳条。春愁不自聊！

烟迢迢，水迢迢，准拟江边驻画桡。舟人频报潮。（《长相
思·舟上饯别》）

小嬛解事高烧烛，群花围绕樗蒲局。①道是五陵儿，风骚满
肚皮。

玉鞭鞭玉马，戏走章台下；笑杀灞桥翁，骑驴风雪中。（《菩
萨蛮·戏林推》）

对于后村的批评，有的称他"壮语可以立懦"，有的称他"雄
力足以排奡"，有的讥他"直致近俗，效稼轩而不及"，有的讥他
"虽纵横排宕亦颇自豪，然于此事究非当家。如赠陈参议家姬《清
平乐》词：'贪与萧郎眉语，不知舞错伊州。'集中不数见也"。
这不是中肯的批评，后村虽不是第一流的词人，总要算是站在水平
线以上的词的作家。他的词有很激愤的，有很悲壮的，有很纤秀
的，有很萧疏有情致的，都可以说是成功的杰作。

---

① 参见（宋）黄升《花庵词选》："小嬛解事高烧烛，群花围绕抟蒲局。"

第二十二讲

南渡十二词人

　　南渡词人的发达，在宋代文学史上呈特异的色彩，只要查一查《宋六十名家词》，几乎有二分之一是南渡词人，我们便不免要问：何以南渡词人这么多呢？假如我们认定文学是生活的表现、苦闷的象征，那么当国家变乱、战争杀伐的时候，个人生活受社会环境的影响，是一定要复杂些，苦闷一定要显著些。换言之，就是生活与苦闷所刺激自我表现的机会多些。文学便这样地活泼发展起来。我们看周末的春秋战国、魏晋六朝、唐末五代，正是文学最盛的时际，则我们知道有宋南渡，词的文学的发达是必然的趋势了。在这一段时期，不但词人之多，即词的体格与气象，都不与北宋以繁华作背景的词和南宋偏安后以萎靡作背景的词相像，读了辛弃疾、岳飞辈的词，便会有这种感触。现在我们举出十二个南渡词人，来谈谈他们的词。

　　张孝祥　他是南渡词人中很伟大的一个，与辛弃疾同时。字安国，号于湖。原为蜀之简州人，徙居历阳之乌江，亦称为乌江人。生约当公元一一三二年。二十余岁，即以廷试第一魁中状元。《宋史》称其早负才畯，莅政扬声，因忤秦桧，屡遭迁黜。及桧卒，始得隆遇，召为直中书。以孝宗初年卒（汤衡以孝宗乾道七年撰《于湖词序》，是时于湖已死数年），方三十六岁。多才不寿，故孝宗有"用才不尽"之叹。有《于湖雅词》三卷。陈季龙《于湖雅词序》云："紫微张公孝祥，姓字风雷于一世，辞彩日星于郡国；……至于托物寄情，弄翰戏墨，融取乐府之遗意；铸为毫端之妙词，前无古人，后无来者，……读之泠然洒然，真非烟火食人辞语。予虽不及识荆，然其洒散出尘之姿，自在如神之笔，迈往凌云之气，犹可想见也。"我们读了这一段话，虽然不免有点过誉，而于湖在当代的文名，则概可想见。现在我们最好介绍他的词吧：

洞庭青草，近中秋，更无一点风色。玉鉴琼田三万顷，著我扁舟一叶。素月分辉，明河共影，表里俱澄澈。悠然心会，妙处难与君说。

应念岭表经年，孤光自照，肝胆皆冰雪。短发萧骚襟袖冷，稳泛沧溟空阔。尽挹西江，细斟北斗，万象为宾客。叩舷独啸，不知今夕何夕。（《念奴娇·过洞庭》）

问讯湖边柳色，重来又是三年。春风吹我过湖船，杨柳丝丝拂面。

世路如今已惯，此心到处悠然。寒光亭下水连天，飞起沙鸥一片。（《西江月》）

魏了翁跋《念奴娇》词云：“于湖有英姿奇声，著之湖湘间，未为不遇。洞庭所赋，在集中最为杰特。”张孝祥的词，实在自己有一种另外的风格的。他因为受秦桧的排挤，几次到湖南作郡守，三湘七泽、山色湖光，都给与张孝祥作词的材料。既然系从目接欣赏写下来的作品，自然不会蹈袭前人语，而自成风格。汤衡谓：“见公平昔为词，未尝著稿，酒酣兴健，顷刻即成……《岳阳楼》诸曲，所谓骏发踔厉，寓以诗人句法者也。”其实《岳阳楼》诸曲，还未足代表孝祥。《于湖词》里面有一首《六州歌头》，可以说是代表孝祥的思想与怀抱的作品。其词如下：

长淮望断，关塞莽然平。征尘暗，霜风劲，悄边声，黯销凝。追想当年事，殆天数，非人力。洙泗上，弦歌地，亦膻腥。隔水毡乡，落日牛羊下，区脱纵横。看名王宵猎，骑火一川明。笳鼓悲鸣遣人惊。

念腰间箭，匣中剑，空埃蠹，竟何成！时易失，心徒壮，岁将零，渺神京。干羽方怀远，静烽燧，且休兵。冠盖使，纷驰骛，若为情？闻道中原遗老，常南望，翠葆霓旌。使行人到此，忠愤气填膺，有泪如倾！（《六州歌头》）

《朝野遗记》上说：“孝祥在建康留守席上，赋此歌阕，韩公为罢席而入。”原来恢复中原，众志所矢，听了此公这么悲壮慷慨的词，哪能不为之堕泪呢？

陈与义　字去非，其先祖居京兆，后迁洛阳（或谓其先蜀人），自称洛阳陈某，又号简斋。生于元祐五年，死当绍兴八年（公元一〇九〇年至公元一一三八年）。他以《少年赋》《墨梅赋》受知于徽宗，历官中书舍人、参知政事。

据《宋史》本传，他是个"容状严恪，不妄言笑，平居虽谦以接物，然内刚不可犯"的君子。他长于作诗，他的诗"体物寓兴……上下陶、谢、韦、柳之间"，不过现在只论他的词。有《无住词》一卷（以所居无住巷故名）。

简斋遗传下来，仅十八首的小词（没有长调），在数量方面诚未免太少，然即此已可发现简斋作词的天才和在词史上的地位了。看他的词：

忆昔年午桥桥上饮[①]，坐中多是豪英。长沟流月去无声。杏花疏影里，吹笛到天明。

二十余年如一梦，此身虽在堪惊！闲登小阁看新晴。古今多少事，渔唱起三更。（《临江仙》）

东风起，东风起，海上百花摇。十八风鬟云半动，飞花和雨着

[①] 参见（清）上彊村民选编《宋词三百首》："忆昔午桥桥上饮"。

轻绡。归路碧迢迢。（《拟赤城韩夫人法驾导引》）

送了栖鸦复暮钟，栏干生影曲屏东，卧看孤鹤驾天风。

起舞一樽明月下，秋空如水酒如空，谪仙已去与谁同？（《浣溪沙》）

张帆欲去仍搔首，更醉君家酒。吟诗日日待春风，及至桃李开后却匆匆[1]。

歌声频为行人咽，记著尊前雪。明朝酒醒大江流，满载一船离恨向衡州。（《虞美人》）

这十八首的小词，包括在《无住词》里面的，真如一颗颗珍贵的小珠子，可惜限于篇幅不能一一举例出来了。老实说吧，陈简斋的诗，还在黄庭坚、陈师道之下；如论他的词，则远高出陈黄几等。《提要》谓其"吐言天拔，不作柳弹莺娇之态，亦无疏简之气，殆于首首可传"，黄昇则称其"小词可摩坡仙之垒"，这都不算过为夸张的批评。

杨无咎 字补之，清江人，自号逃禅老人，又号清夷长者。

---

[1] 参见（清）康熙皇帝御定编《御选历代诗余》卷三十："及至桃花开后却匆匆"。

他少年时，是很热衷功名的，无奈坎坷不遇。在他咏中秋的《多丽调》词看得出来："念年来青云失志，举头应羞见嫦娥。且高歌细敲檀板，拼痛饮频倒金荷。断约他年，重挥大手，桂枝须斫最高柯。恁时节清光比今夕更应多。功名事到头须在，休用忙呵！"南渡后，又因为秦桧专权，无咎耻于依附，虽朝廷几次征他不去，可见他的性格上的骨傲了。他是一个画家，最有名的《江西墨梅》就是他的艺术的产品。同时，他又是一个词人，有《逃禅词》一卷。现在我们介绍他的词：

水寒江静，浸一抹青山倒影，楼外指点渔村近。笛声谁喷？惊起宾鸿阵。

往事都归眉际恨①，这相思情味谁问？泪痕空把罗襟印。泪应啼尽，争奈情无尽！（《一斛珠》）

溅溅不住溪流素，忆曾记碧桃红露。别来寂寞朝朝暮，恨遮乱，当时路。

仙家岂解空相误，嗟尘世自难知处。而今重与春为主，尽浪蕊，浮花妒。（《于中好》）

---

① 参见（清）万树《词律》："往事总归眉际恨"。

　　无咎的词，据我看来，最擅长于描写性的爱情。如《生查子》："问着却无言，觑了还回盼；底处奈思量，倦了还转展。"《玉抱肚》："见也浑闲，堪嗟处山遥水远，音信也无个！这眉头强展依前锁，这泪珠强收依前堕！我平生不识相思，为伊烦恼忒大，你还知么？你知后，我也甘心受摧挫，又恐你背盟誓似风过，共别人忘却我！"这种描写比黄鲁直的小词，还要高胜一筹。《花庵词选》不刊无咎一字，真是瞎眼！

　　张元幹　字仲宗，别号芦川居士，长乐人（或云三山人）。平生忠义自矢，不屑与奸佞秦桧同朝，即飘然挂冠而去。因胡铨上书乞斩秦桧被谪，元幹作词送之，坐是除名。其词为《贺新凉》调，颇慷慨悲壮，录之如下：

　　梦绕神州路，怅秋风，连营画角，故宫《离黍》。底事昆仑倾砥柱，九地黄流乱注？聚万落千村狐兔。天意从来高难问，况人情易老悲难诉。更南浦，送君去。

　　凉生暗柳摧残暑，耿斜河，疏星淡月，断云微度。万里江山知何处？回首对床夜语，雁不到书成谁与？目尽青天怀今古，肯儿曹恩怨相尔汝。举大白，听《金缕》。

　　那种怀恋故国、感慨山河的壮志跃然纸上。此外元幹的词，颇多清丽婉转之作，例如《踏莎行》词：

芳草平沙，斜阳远树，无情桃李江头渡①。醉来扶上木兰舟，将愁不去将人去。

薄劣东风，天斜飞絮，明朝重觅吹笙路。碧云香雨小楼空，春光已到销魂处。

又如"兰桡飞去归来，愁眉待得伊开；相见嫣然一笑，眼波先入郎怀"（《清平乐》），这都是很艳丽的。毛晋跋称元幹："人称其长于悲愤，及读《花庵》《草堂》所选，又极妩秀之致，真可与《片玉》《白石》并垂不朽。"

范成大　字致能，吴郡人（公元一一二六年至一一九三年）。官至吏部尚书，拜参知政事，进资政殿学士，提举洞霄宫。有《石湖集》一卷。他的小词有很好的：

栖乌飞绝，绛河绿雾星明灭。烧香曳簟眠清樾，花影吹笙，满地淡黄月。

好风碎竹声如雪，昭华三弄临风咽。鬓丝撩乱绡巾折，凉满北窗，休共软红说。（《醉落魄》）

---

① 参见（清）康熙皇帝御定御编《御选历代诗余》卷三十六："无情桃叶江头渡"。

塘水碧，仍是鞠尘颜色①。泥泥縠纹无气力，东风如爱惜。

恰似越来溪侧，也有一双鸂鶒。只欠柳丝千百尺，系船春弄
笛。（《谒金门》）

石湖本是一个诗人，他的诗成就很大，在南宋蔚然一家，为有
宋四大诗人之一。因此，他虽有很清蔚的小词，但为他的诗名所掩
掉了。

吕滨老 字圣求，嘉兴人，以诗名绍兴间。他是一个国家观念很
重的诗人，有诗云："爱国忧身到白头，此生风雨一沙鸥。""尚
喜山河归帝子，可怜麋鹿入王宫。"他的词也很有名，有《圣求
词》一卷。词云：

蝉带残声移别树，晚凉房户。秋风有意染黄花，下几点清凉雨。

渺渺双鸿飞去，乱云深处。一山红叶为谁愁？供不尽相思句。
（《一落索》）

春将半，莺声乱，柳丝拂马花迎面。小堂风，暮楼钟，草色连
云，暝色连空，重重。

秋千畔，何人见？宝钗斜照春妆浅。酒霞红，与谁同？试问别

---

① 参见（清）康熙皇帝御定编《御选历代诗余》卷十一："仍带鞠尘颜色"。

来，近日情怯，忡忡。（《惜分钗》）

《惜分钗》调为圣求所自造新谱。又有《东风第一枝》调《绿梅词》，与东坡《西江月》齐名。毛晋谓其"佳处不减少游"，赵师岩则谓其"婉媚深窈，视美成、耆卿伯仲耳"，可以想见《圣求词》的价值了。

叶梦得　字少蕴，吴县人（公元一〇七七年至一一四八年）。累官龙图阁直学士，除尚书右丞，提举洞霞宫，晚年居吴兴弃山下，啸咏自娱，自号石林居士。有《石林词》一卷。关注序说："其词婉丽，卓有温李之风，晚岁落其花而实之，能于简谈时出雄桀，合处不减靖节东坡之妙。"毛晋跋说："《石林词》卓有林下风，不作柔语殢人，真词家逸品也。"这都不免有点过分的夸张。

霜降碧天静，秋事促西风。寒声隐地初听，中夜入梧桐。起瞰高城回望：寥落关河千里，一醉与君同。叠鼓闹清晓，飞骑引雕弓。

岁将晚，客争笑，问衰翁：平生豪气安在？走马为谁雄？何似当筵虎士，挥手弦声响处，双雁落遥空。老矣真堪愧，回首望云中。（《水调歌头》）

枫落吴江，扁舟摇荡，暮山斜照催晴。此心长在，秋水共澄明。底事经年易判，惊遗恨，悄悄难平。临风处，佳人万里，霜笛与谁横。

长城谁敢犯，知君五字，元有诗声。笑茅舍何时，归此真成，丝鬓朱颜老尽。柴居在，行即终行。聊相待，狂唱醉舞，虽老未忘情。（《满庭芳》）

梦得生长北宋，晚年南渡，眷恋故都，未免伤怀，故其词有一团豪爽之气，颇与东坡相类。虽然他的词还比不上东坡，也要算南渡伟大的词人中的一个了。

康与之 字伯可。渡江初，秦桧当国，伯可附桧求进，以词受知于高宗，官郎中。桧死，伯可亦贬五年。有《顺庵乐府》。黄叔旸说："伯可以文词待诏金马门，凡中兴粉饰治具、慈宁归养两宫欢集，必假伯可之歌咏，故应制之词为多。"这种应制的词，并没有艺术的冲动，自然没有产生好词的可能（陈直斋言伯可词鄙亵之甚），不必举例。但伯可的小词，却也有很好的，举两首作例：

阿房废址汉荒邱，狐兔又群游。豪华尽成春梦，留下古今愁。

君莫上，古原头，泪难收。夕阳西下，塞雁南飞，渭水东流。（《诉衷情》）

南高峰，北高峰，一片湖光映霭中，春来愁杀侬。

郎意浓，妾意浓，油壁车轻郎马骢，相逢九里松①。（《长相思》）

这种词，实在有古乐府意，我想这未必不是伯可有意模仿六朝时的歌谣。

朱敦儒　字希真，一字希直，洛阳人。他少年时，志行高洁，虽为布衣，而有朝野之望，朝廷屡征不去。无奈后来依附秦桧，晚节不修。工诗及乐府，有《樵歌》三卷。（略据《宋史·文苑传》）

希真的词，却又是一种风格。虽同是白话的词，他却似一意模拟歌谣。举几首词例为证：

江南岸，柳枝；江北岸，柳枝；折送行人无尽时，恨分离，柳枝。

酒一杯，柳枝；泪双垂，柳枝；君到长安百事违，几时归？柳枝。（《柳枝》）

连云衰草，连天晚照，连山红叶。西风正摇落，更前溪鸣咽，燕去鸿归音信绝，问黄花，又共谁折？征人最愁处，送寒衣时

---

① 参见（清）康熙皇帝御定编《御选历代诗余》卷三："一片湖光烟霭中，春来愁煞侬……油壁车轻郎马骢……"

节。（《十二时》）

　　金陵城上西楼，倚清秋。万里夕阳垂地，大江流。

　　中原乱，簪缨散，几时收？试倩悲风吹泪，过扬州。（《相见欢》）

　　古人对于希真词的批评，张正夫说："希真《赋月词》'插天翠柳，被何人推上一轮明月'，自是豪放；《赋梅引》'横枝销瘦一如无，但空里疏花数点'，语意奇绝！"黄叔旸云："希真京都名士，词章擅名，天姿旷远，有神仙风致。"这样的批评，是希真应该接受的。

　　毛开　字平仲，信安人（或作三衢人）。为人傲世自高，与时多忤。官只至州卒，诗文甚著名，小词最工。有《樵隐词》一卷。杨用修氏最欣赏他的《满江红·泼火初收》一词，词云：

　　泼火初收，秋千外轻烟漠漠。春渐远，绿杨芳草，燕飞池阁。已著单衣，寒食后，夜来还是东风恶。对空山寂寂，杜鹃啼，梨花落。

　　伤别恨，闲情作；十载事，惊如昨！向花前月下，共谁行乐？飞盖低迷南苑路，溅裙怅望东城约。但老来憔悴，惜春心年年觉。（《满江红》）

醉红宿翠，髻鬟乌云坠。管是夜来不睡？那更今朝早起？

春风满搦腰支，阶前小立多时。恰恨一番春风，想应湿透鞋儿。（毛开为郡，见一妇人陈牒立雨中，作《清平乐》）

帘幕燕双飞，春向人归。东风恻恻雨霏霏。水满西池花满地，追惜芳菲。①

回首昔游非，别梦依稀。一成春瘦不胜衣。无限楼前伤远意，芳草斜晖。（《浪淘沙》）

这样悠淡而清蒨的小词，在南宋词里面也是很稀罕的。

杨炎正　字济翁（或误正为止，《六十家词选》误杨炎为姓名、止济翁为号），庐陵人。老年登第。他与辛弃疾、杨万里为时友。他很仰慕稼轩的气概，集中多《寿稼轩词》。他自己也是稼轩的怀抱，是一无名的爱国志士。你看他的词里面的表现："……忽醒然，成感慨，望神州，可怜报国无路，空白一分头。都把平生意气，只做如今憔悴，岁晚若为谋。此意仗江月，分付与沙鸥。"（《水调歌头·登多景楼》）壮志未达，此身已老，故有"英雄事，千古意，一凭栏，惜今老矣"的感慨。他的词大都是清新俊

---

① 参见（清）康熙皇帝御定编《御选历代诗余》卷二十六："帘幕燕双飞，春共人归。东风恻恻雨霏霏。水隔西池花满地，追惜芳菲。"

逸，与《稼轩词》颇形相似，虽排宕之气比不上稼轩的英发，而不爱旖旎故作情态，不作妇人女子的肉麻语，在披靡成风的南宋词人里面，杨炎正确要算是能够振拔的。末了举他的一首小词作例子：

思归时节，乍寒天气，总是离人愁绪。夜来无奈被西风，更吹做一帘风雨[①]。

征衫拂泪，栏干倚醉，羞对黄花无语。寄书除是雁来时，又只恐书成雁去。（《鹊桥仙》）

向子諲　字伯恭，号芗林居士（公元一〇八五年至一一五二年），相家子，钦圣宪肃皇后的从侄。他虽然做了比较大的官职——徽猷阁直学士，但他却不是无聊的政客，很忠直而清廉，负一时的名望。他虽然也是文人，但他却不是过文人那种单调的名士风流的生活，他曾经在金兵围困着的城里指挥士卒死守很久，他曾在乱军中逃走，几乎被杀。因为他的生活繁复，所以他的词也不是平常文人那种消闲词。我们如其把子諲的《酒边词》分析一下，显然可以分出两个阶段来。卷下的江北旧词，是文人消闲词；卷上的江南新词，是有生活感慨的词。我们先看他在江北时，那时

---

① 参见（清）康熙皇帝御定编《御选历代诗余》卷二十九："更吹做一帘秋雨"。

中原如故，汴京繁华，在这种生活里的向子諲，也只是做了一晌繁华梦，他的词还只是些"曾是襄王梦里仙，娇痴恰恰破瓜年，芳心已解品朱弦""取醉归来因一笑，恼人深处是横波，酒醒情味却知么？""天机畔，云锦乱，思无穷，路隔银河，犹解嫁西风"的艳词。及到了二帝被掳，两京陷落，国破家亡，仓皇南渡，这时，子諲才卷入实际痛苦生活里去，经过这种生活的梳洗，才是子諲词最后的成功，变华艳的小词为豪放的长调。如《洞仙歌·咏中秋》词：

　　碧天如水，一洗秋容净。何处飞来大明镜？谁道斫却桂，应更光辉，无遗照，写出山河倒影。

　　人犹苦余热，肺腑生尘，移我超然到三境。问嫦娥①，缘底事，有盈亏？烦玉斧运风重整，教夜夜人世十分圆。待拼却长年醉了还醒。（《洞仙歌》）

　　胡寅《酒边词序》云："芗林居士，步趋苏堂，而啸其藏者也。"读了他的《洞仙歌·咏中秋》词，便知道《酒边词》是受苏词影响的产物了。

_____

① 参见（宋）向子諲《酒边词》："问姮娥"。

第二十三讲

词人姜白石

蒿庐师言："词中之有白石，犹文中之有昌黎也。"宋翔凤言："词家之有姜石帚，犹诗家之有杜少陵。"我们看了这两段话，姑无论其是否忠实的批评，而这位最惹世人赏赞的词人姜白石，至少也引起了我愿意知道他的生平及文艺的兴趣。

白石在当代虽然词名很大，但宋史无传，幸而他自己遗传下来的词，多有自叙。现在综辑各书所载，略考见他的生平。

姜夔字尧章，鄱阳人（或作德兴）。生于绍兴初年，死约在庆元末年。幼时，随他的父亲，官于古沔，居古沔甚久。学诗于萧千岩。因寓吴兴，与白石洞天为邻，自号白石道人，又号石帚。曾上书乞正太常雅乐，后因秦桧当国，即隐居箸坑之千山不仕，啸傲于山水，往来湖湘淮左，与范石湖、杨万里诸人吟咏酬唱。

诚斋常寄以诗，称为诗坛的先锋，可见白石负一时的诗誉了。他的词更有时名。因为精通音律和乐理，所以尝作自度腔，如《暗香》《疏影》便是白石造的新曲。自叙诗云："自喜新词韵最娇，小红低唱我吹箫……"小红是范石湖送给白石的姜，有色艺。白石每制新词即自吹箫，小红辄歌而和之。这时白石已经很不年轻了，遨游江南诸胜地，以娱晚年。不久，以疾卒于苏州，葬西马塍。石湖挽以诗云："所幸小红方嫁了，不然啼损马塍花。"当我们读了白石最后的杰作《齐天乐词》时，觉冷风苦雨，情绪凄然！这位极享盛名的词人便这样绝笔而逝世了。

白石的著作很多，有《绛帖平》《大乐议》《翠琴考》《续书谱》《集古印谱》《遗事集》诸书，但是他遗留下来的歌词，便只剩数十残篇了，集为《白石道人歌曲》四卷，皆注律吕于字旁，或记拍于字旁，尚可考见宋人歌词之法，但此种歌曲在宋时已不必能歌（刘后村谓白石《满江红》一阕甚佳，惜无人能歌之者），后人更莫辨其然了。所以我们对于白石道人的歌曲，也只能论到他在文学上的意义。

白石的自度腔《暗香》《疏影》，是被称为"前无古人，后无来者"的绝唱，且看他这两首词：

旧时月色，算几番照我梅边吹笛？唤起玉人，不管清寒与攀摘。何逊而今渐老，都忘却春风词笔。但怪得竹外疏花，香冷入瑶席。

江国正寂寂，叹寄与路遥，夜雪初积。翠尊易泣，红萼无言耿相忆。长记曾携手处，千树压西湖寒碧。又片片吹尽也，几时见

得？（《暗香·石湖咏梅》）

苔枝缀玉，有翠禽小小，枝上同宿。客里相逢，篱角黄昏，无言自倚修竹。昭君不惯胡沙远，但暗忆江南江北。想佩环月夜归来，化作此花幽独。

犹记深宫旧事，那人正睡里，飞近蛾绿。莫似春风，不管盈盈，早与安排金屋。还教一片随波去，又却怨玉龙哀曲。等恁时重觅幽香，已入小窗横幅。（《疏影》）

由这两首词，我们可以知道白石词的几个要点。第一，白石词的格调是很高的，诚如王国维所言："古今词人格调之高，莫如白石。"因为白石词主清空，清空则古雅峭拔，故格调甚高。第二，白石词用典用事是很巧妙的，如"犹记深宫旧事，那人正睡里，飞近蛾绿"，用寿阳事，又云"昭君不惯胡沙远，但暗忆江南江北，想佩环月夜归来，化作此花幽独"，用少陵诗，皆"用事不为所使"（张叔夏语）。可是因为白石词的格调很高，用事巧妙，所以第三：描写不深入，不逼真。因为白石词太主清空，便不落实际，不入具体，如《暗香》《疏影》没有一句道着梅花，专卖弄很巧妙的代名词，堆砌成词，即算格调甚高，亦如雾里看花一样，不能捉住真实的具体，这是白石词的大缺点。但白石在创作上获有最大的便利，就是他深通乐理音律。他作词"初率意为长短句，然后协以律"

（《长亭怨慢自跋》），不必填谱倚声以制词，以此白石作词有十分的自由，故能如"野雪孤飞①，去留无迹"。再举几首词作例：

渐吹尽枝头香絮，是处人家，绿深门户。远浦萦回，幕帆零乱向何许②？阅人多矣，谁得似长亭树？树若有情时，不会得青青如此！

日暮望高城不见，只见乱山无数。韦郎去也，怎忘得玉环分付：第一，是早早归来，怕红萼无人为主。算只有并刀③，难剪离愁千缕！（《长亭怨慢》）

双桨来时，有人似旧曲。桃根桃叶，歌扇轻约，飞花蛾眉正奇绝。春渐远，汀州自绿，更添了几声啼鴂。十里扬州，三生杜牧，前事休说！

又还是宫烛分烟，奈愁里匆匆换时节。都把一襟芳思，与空阶榆荚千万缕，藏鸦细柳，为玉尊起舞回雪。想见西出阳关，故人初别。（《琵琶仙》）

燕雁无心，太湖西畔随云去。数峰清苦，商略黄昏雨。

———————

① 参见（清）沈雄《古今词话》："野云孤飞"。
② 参见（清）上彊村民选编《宋词三百首》："幕帆零乱向何许"。
③ 参见（清）上彊村民选编《宋词三百首》："算空有并刀"。

第四桥边，拟共天随住。今何许？凭阑怀古，残柳参差舞。
（《点绛唇·丁未冬过吴松作》）

又正是春归，细柳暗黄千缕。暮鸦啼处，梦逐金鞍去。一点芳
心休诉？琵琶解语。（《醉吟商小品》）

此外如《扬州慢》："……二十四桥仍在，波心荡，冷月
无声……"不但格调超绝，并且极故国山河之感。《齐天乐》：
"……西窗又吹暗雨，为谁频断续，……"真堪催人堕泪。这都是
白石的杰作，因在前面《宋词概观》中已举例了，这里不重引了。

讲到白石词的批评，我们知道白石的词，在当时是极负盛誉
的。同时代的词人也没有不推重他的词，如黄昇云："白石词极精
妙，不减清真；高处有美成所不能。"张叔夏则对于姜词，几乎首
首称赞，谓："读之使人神情飞越。"姜词这么负一时代之盛名，
其影响自然也极大了。朱竹垞说："词莫善于姜夔，宗之者张辑、
卢祖皋、史达祖、吴文英、蒋捷、王沂孙、张炎、周密、陈允平、
张翥、杨基，皆具夔之一体。基之后，得其门者寡矣。"

姜词竟生这样大的影响，自是很可惊异的。我想白石既通音
律，复以典雅词相号召，自最容易博得一般文人的同情，而生出
伟大的效果。若只就词而论，除了格调高旷、音律和谐以外，论意
境，论描写，姜词也不值得怎样地受我们称道吧。

第二十四讲

姜派的词人

我们知道南宋词有两个宗派：一派宗辛弃疾，爱作白话的豪放的词；一派宗姜白石，爱作古典的婉约的词。关于辛派的词人，已经在上面叙述过，现在要叙到姜派的词人来了。先从史达祖、高观国、蒋捷三人说起。

史、蒋、高都是南宋中叶的词人，我们虽不敢说他们是姜白石词的模拟者，但他们都是同站在姜派的古典主义旗帜之下，大创作其古典的雅词。细密说来，他们的词固然未尝没有自己的风格体裁，不会与异己全同；就大体上说，他们都受了白石词的影响。而受影响最大的要算史达祖。

史达祖 字邦卿，号梅溪，汴人。生约当绍兴末年，死于开禧丁卯年（公元一二〇七年）。少举进士不第，依韩侂胄为掾吏，奉行文字，拟帖撰旨，俱出其手。曾随使金，后侂胄伏诛，邦卿亦被黜。综观邦卿的生平，实无可述之点，如其承认文学是生活人格的表现的话，那么，周介存谓"梅溪喜用'偷'字，品格便不高"，更足以助证我们对于梅溪个性的了解了。

现在我们最好撇开邦卿的品格上的批评，来谈他的词。我们知道邦卿是优于咏物的，张玉田最推崇他的《东风第一枝》（《咏雪》）、《双双燕》（《咏燕》），谓其"全章精粹，不留滞于物"。录其词如下：

巧剪兰心，偷黏草甲，东风欲障新暖。漫疑碧瓦难留，信知暮寒较浅。①行天入镜，做弄出轻松纤软。料故园不卷重帘，误了乍来双燕。

青未了，柳回白眼；红欲断，杏开素面。旧游忆着山阴，后游遂妨上苑。熏炉重熨，且慢放春衫针线；怕凤靴挑菜归来，万一浦桥相见。②（《东风第一枝·咏雪》）

过春社了，度帘幕中间，去年尘冷。差池欲往，试入旧巢相并。还相雕梁藻井，又软语商量不定。飘然快拂花梢，翠尾分开红影。

芳径芹泥雨润，爱贴地争飞，竞夸轻俊。红楼归晚，看足柳昏花暝，应自栖香正稳，便忘了天涯芳信。愁损翠黛双蛾，日日画栏独凭。（《双双燕·咏燕》）

从来咏物的词，以苏东坡的《水龙吟·咏杨花》为最著，但

---

① 参见（清）上彊村民选编《宋词三百首》："巧沁兰心，偷粘草甲，东风欲障新暖。漫凝碧瓦难留，信知暮寒犹浅。"

② 参见（清）上彊村民选编《宋词三百首》："熏炉重熨，便放漫春衫针线；怕凤靴挑菜归来，万一潇桥相见。"

邦卿的咏物词，乃是从姜白石的《暗香》《疏影》（咏梅）、《齐天乐》（咏蟋蟀）得来。世以白石梅溪并称，若论格调，则梅溪不免卑下，不及白石之高旷；若论才华，则白石不如梅溪之艳丽。不嫌，再举邦卿几首艳词作例：

似红如白含芳信，锦宫外①，烟轻雨细。燕子不知愁，惊堕黄昏泪。

烛花偏在红帘底，想人怕春寒，正睡梦著玉环娇，又被东风醉。（《海棠春令》）

春愁远，春梦乱，凤钗一股轻尘满。江烟白，江波碧，柳户清明，燕帘寒食，忆忆忆！

莺声晚，箫声短，落花不许春拘管。新相识，休相失。翠陌吹衣，画楼横笛，得得得！（《钗头凤·寒食饮绿亭》）

人若梅娇，正愁横断坞，梦绕溪桥。倚风融汉粉，坐月怨秦箫。相思因甚到纤腰，定知我今无魂可销。佳期晚，漫几度泪痕相照。

人悄悄，天渺渺，花外语香，时透郎怀抱。暗握莫苗，乍尝樱颗，犹恨侵阶芳草。天念王昌忒多情，换巢鸾凤，教偕老温柔乡，

---

① 参见（宋）史达祖《梅溪词》："似红如白含芳意，锦宫外"。

醉芙蓉，一帐春晓。（《换巢鸾凤》）

对于梅溪词，白石有评云："奇秀清逸，有李长吉之韵，盖能融情景于一家，会句意于两得。"张滋评云："夺苕艳于春景，起悲音于商素；有环奇警迈清新闲婉之长，而无施荡污淫之失，端可以分镳清真，平睨方回，而纷纷三变辈几不足比数！……"这样的批评，未免太夸张了。李长吉是诅咒社会、孤高自赏的天性殉情主义者，自然不是沉溺富贵繁华的邦卿词所能企及；即柳三变的苦闷情调之表现，也不是邦卿所能比拟。邦卿之擅长咏物，不过与康与之辈善于铺叙争伯仲耳。往下我们要讲与史邦卿齐名的高观国。

高观国　字宾王，山阴人，有《竹屋痴语》一卷。《提要》说："词自鄱阳姜夔句琢字炼，始归醇雅；而达祖、观国为之羽翼。"可见观国亦姜派的健将。他与史梅溪的唱和词极多，但他的作风却绝不与梅溪相同。从《竹屋痴语》里面举几首词来作例：

绿丛篱菊点娇黄，过重阳，转愁伤；风急天高，归雁不成行。此去郎边知近远，秋水阔，碧天长。

郎心如妾妾如郎，两离肠，一思量；春到春愁，秋色亦凄凉。近得新词知怨妾，无诉，泣兰房①！（《江城子·代作》）

---

① 参见（宋）高观国《竹屋痴语》："近得新词知见怨，妾无诉，泣兰房。"

霁烟消处寒犹嫩，乍门巷惜惜昼永。池塘芳草魂初醒，秀句吟春未稳。

仙源阻，春风瘦损，又燕子来无芳信。小桃也自知人恨，满面羞难问[1]！（《杏花天·春愁》）

晚云知有关山念，澄霄卷开新霁。素影中分[2]，冰盘正溢，何啻婵娟千里。危栏静倚，正玉管吹凉，翠觞留醉。记约清吟，锦袍初唤醉魂起。

孤光天地共影，浩歌谁与舞？凄凉风味！古驿烟寒，幽垣梦冷，应念秦楼十二。归心对此，想斗插天南，雁横辽水，试问姮娥，有愁谁与寄[3]？（《齐天乐·中秋夜怀梅溪》）

春风吹绿湖边草，春光依旧湖边道。玉勒锦障泥，少年游冶时。

烟明花似绣，且醉旗亭酒。斜日照花西，归鸦花外啼！（《菩萨蛮》）

这些词都是《竹屋痴语》里面最好的词例。陈造序说："竹屋、梅溪词要是不经人道语，其妙处少游、美成不及也。"张炎

---

① 参见（宋）高观国《竹屋痴语》："满面羞红难问。"
② 参见（宋）高观国《竹屋痴语》："澄霄卷开清霁。素景中分"。
③ 参见（宋）高观国《竹屋痴语》："有愁能为寄？"

说："梅溪竹屋格调不凡，句法挺异，俱能特立清新之意，删削靡曼之词，自成一家。"如其我们拿竹屋来比梅溪，自然俱是曼艳之词，但是梅溪的描写，比竹屋活泼些，而竹屋的格调则比梅溪高些，古典的气味少些。

蒋捷　捷是宋末时的人，字胜欲，宜兴（或作阳羡）人，德祐进士，自号竹山。宋亡之后，遁迹不仕。有《竹山词》一卷。竹山有一首词很可以表明竹山一生生活的变迁：

少年听雨歌楼上，红烛昏罗帐；壮年听雨客舟中，江阔云低，断雁叫西风。

而今听雨僧庐下，鬓已星星也；悲欢离合总无情，一任阶前点滴到天明。（《虞美人·听雨》）

竹山的词，有人说效辛弃疾。《宋四家词选》也把竹山列在辛词附录之下。《竹山词》里面有一首《水龙吟·招落梅魂》系效稼轩体，这是很值得注意的。但竹山之效稼轩只模仿他坏的一方面，如《沁园春》："老子平生辛勤几年，始有此庐也……""鬓边白发纷如，又何苦招宾拿客[1]欤？""甚矣君狂矣！想胸中些儿磊块浇不去，据我看来，何所似？一似韩家五鬼，又一似杨家风

---

[1] 参见（宋）蒋捷《竹山词》："纳客"。

子……"（《贺新凉》）"……休休！著甚硬铁，从来气食牛。①但只有千篇好诗好曲，都无半点闲闷闲愁。自古娇波溺人多矣，试问还能溺我否？高抬眼，看牵丝傀儡，谁弄谁收？"这是很酸腐的词，不是竹山的本色词；竹山的本色词，还是属于姜派。他的词虽有人说他粗俗，却也有典雅的，如《高阳台·送翠英》词：

燕卷晴丝，蜂黏落絮，天教绾住闲愁。闲里清明，匆匆粉涩红羞。灯摇缥晕茸窗冷，语未阑，娥影分收。好伤情，春也难留，人也难留。

芳尘满目总悠悠，为问萦云珮响，还绕谁楼？别酒才斟②，从前心事都休。飞莺纵有风吹转，奈旧家苑已成秋。莫思量，杨柳湾西，且棹吟舟。

他的词也有很婉秀的，如《一剪梅·舟过吴江》：

一片春愁待酒浇，江上舟摇，楼上帘招；秋娘渡与泰娘桥，风又飘飘，雨又萧萧。

何日归家洗客袍？银字笙调，心字香烧。流光容易把人抛，红了樱

---

① 参见（宋）蒋捷《竹山词》："著甚来由？硬铁汉，从来气食牛。"
② 参见同上："问萦云珮响，还绕谁楼？别酒才斟"。

桃，绿了芭蕉。（《竹山词》集里面有《行香子》调词与此词相类）

他的词也有很高雅的，如《江城梅花引·荆溪阻雪》词，今且引《贺新凉·秋晓》的后半阕作例：

……五湖有客扁舟舣，怕群仙重游到此，翠旌难驻。手拍阑干，呼白鹭，为我殷勤寄语；奈鹭也惊飞沙渚。星月一天云万壑，览茫茫宇宙，知何处？鼓双楫浩歌去。

他的词也有很绮丽的，如《解佩令·咏春》词：

春晴也好，春阴也好，著些儿春雨越好。如丝，绣出花枝衮，怎禁他孟婆合草？①
梅花风小，杏花风小，海棠风蓦地寒峭。些些春光②，被二十四风吹老。楝花风，尔且慢到！

竹山的描写手段也是不错，他的咏物词不下于史梅溪，如《洞仙歌·咏柳》的前半阕："枝枝叶叶，受东风调弄，便是莺穿也微动；

---

① 参见（宋）蒋捷《竹山词》："春雨如丝，绣出花枝红衮，怎禁他孟婆合皂？"
② 参见（宋）蒋捷《竹山词》："岁岁春光"。

自鹅黄千缕，数到飞绵闲无事，谁迎送？^①……"再举竹山一首描写春日的愁绪词，更可见他的描写能力，《虞美人·梳楼》词：

丝丝杨柳丝丝雨，都在溟濛处^②；楼儿特小不藏愁，几度和云，飞去觅归舟。

天怜客子乡关远，借与花消遣；海棠红近绿阑干，才卷朱帘，却又晚风寒。

再举一首词例，如《霜天晓角·折花》：

人影窗纱，是谁来折花？折则从他折去，知折去向谁家？

檐牙枝最佳，折时高折些。说与折花人道：须插向鬓边斜。

毛晋称竹山词云："语语纤巧，真《世说》靡也；字字妍倩，真六朝媀也。"《提要》亦称："其词练字精深，调音谐畅，为倚声之榘矱。"

谓竹山纤丽诚然不错，但据我看来：竹山的小词，有李清照之婉秀；长调有姜白石的典雅；至于稼轩，则竹山系学稼轩而未能者也。

---

① 参见（宋）蒋捷《竹山词》："谁管将春迎送？"
② 参见同上："春在溟濛处"。

第二十五讲

词人吴文英

　　吴文英字君特，号梦窗，四明人，生于孝宗隆兴年间，卒于淳祐十一年（公元一二五一年）。词集有《梦窗稿》甲乙丙丁四卷，在宋词人中保存下来的词料，要算梦窗的最为丰富了。梦窗被称为古典派里面很有名的一个作家，后人对于他的词的批判很不一致。恭维他的呢，说是求之于宋人词中，北宋只有清真，南宋只有梦窗（尹惟晓语）。这种批评自然是不忠实的，周清真在北宋已不能算是杰出的作家，南宋到了吴梦窗则已经是词的劫运到了。又有人说："词家之有吴文英亦如诗家之有李商隐。"（纪昀语）这也是耳食之论。唐诗至李商隐别开生面，创立新的体裁与风格，造成晚唐诗之新趋向，远非在词域里面没有新成就的吴梦窗所能比拟的。至于攻击梦窗如张玉田之言："梦窗词如七宝楼台，炫人眼目，碎拆下来，不成片段。"这原来是一般旧文人的通病。平心而论，吴梦窗虽是显著的古典派，但他的词也不只限于雕琢与堆砌，也有描写活泼的作品，也有用白话创作的词，虽说是不纯的。举几个例：

　　何处合成愁？离人心上秋！纵芭蕉不雨也飕飕。都道晚凉天气好，有明月，怕登楼。

年事梦中休，花空烟水流。燕辞归、客尚淹留。垂柳不萦裙带住，谩长是，系行舟。（《唐多令》）

灯火雨中船，客思绵绵。离亭春草又秋烟，似与轻鸥盟未了，来去年年。

往事一潸然，莫过西园。凌波香断绿苔外[1]，燕子不知春事改，时立秋千。（《浪淘沙》）

枝袅一痕雪在，叶藏几豆春浓。玉奴最晚嫁东风，来结梨花幽梦。

香力添薰罗被，瘦肌犹怯冰绡。绿阴青子老溪桥，羞见东邻娇小。（《西江月·青梅枝上晚花》）

迷蝶无踪晓梦沉，寒香深闭小庭心。欲知湖上春多少，但看楼前柳浅深。

愁自遣，酒孤斟，一帘芳景燕同吟。杏花宜带斜阳看，几阵东风吹又阴[2]！（《思嘉客》）

---

[1] 参见（宋）周密《绝妙好词笺》："凌波香断绿苔钱"。
[2] 参见同上："几阵东风晚又阴"。

梦窗这一类的词，完全脱下了古典的衣裳，成为很清蔚的小词。只惜这种词在《梦窗四稿》里面，只占百分之三四的统计，未免太稀少了。

梦窗的词，大半是作于淳祐间的，那时梦窗已经很老了，故所作词多经历感慨之语。如《莺啼序》一词，便是追想当年、哀感今朝的自叙诗，长至二百余字，虽不免隶事粉饰之处，要为一首有声色有内容的作品。今录其词于下：

残寒正欺病酒，掩沉香绣户。燕来晚，飞入西城，似说春事迟暮。画船载清明过却，晴烟冉冉吴宫树。念羁情游荡，随风化为轻絮。

十载西湖，傍柳系马，趁娇尘软雾。溯红渐招入仙溪，锦儿偷寄幽素。倚银屏，春宽梦窄；断红湿，歌纨金缕。暝隄空，轻把斜阳，总还鸥鹭。

幽兰渐老，杜若还生，水乡尚寄旅。别后访六桥无信，事往花萎，瘗玉埋香。几番风雨，长波妒盼，遥山羞黛，渔灯分影春江宿，记当时、短楫桃根渡。青楼仿佛，临分败壁题诗，泪墨惨淡尘土。

危亭望极，草色天涯，叹鬓侵半苎。暗点检，离痕欢唾，尚染鲛绡，骠凤迷归，破鸾慵舞。殷勤待写，书中长恨；蓝霞辽海沉过雁，漫相思、弹入哀筝柱。伤心千里江南，怨曲重招，断魂在否？

梦窗词有最大的一个缺点，就是太讲究用事，太讲求字面了。这种缺点，本也是宋词人的通病，但以梦窗陷溺最深。唯其专在用事与字面上讲求，不注意词的全部的脉络，纵然字面修饰得很好看，字句运用得很巧妙，也还不过是一些破碎的美辞丽句，绝不能成功整个的情绪之流的文艺作品。此所以梦窗受玉田"梦窗词如七宝楼台，炫人眼目，碎拆下来，不成片段"之讥也。

梦窗的作词，虽宗白石，在他词里面虽也多赠白石，怀忆白石的词，然而在实际上梦窗与白石作词绝不同调。

白石格调之高，可从他的性情孤傲，耻列身于秦桧当权之下的朝廷，看得出来；梦窗之生平，虽疏缺无闻，而从他那些寿贾似道诸词看来，品格殆远不及白石，词品亦因之斯下矣。介存评梦窗说："梦窗词之佳者，天光云影，摇荡绿波；抚玩无斁，追寻已远。"这是评白石不是评梦窗。周济选四家词列梦窗为四家之一，与周邦彦、辛弃疾、王沂孙合为四家，以领袖一系统，并称"梦窗奇思壮采，腾天潜渊，返南宋之清泚，为北宋之浓挚"，这真是夸张而又夸张了。梦窗词本缺乏"奇思"，更无"壮采"，哪里能够腾天潜渊呢？至谓"返南宋之清泚，为北宋之浓挚"，不过表明梦窗只是一位复古的典雅派词人而已。

第二十六讲

晚宋词家

这是晚宋的两位词家了。

王沂孙字圣与，号碧山，又号中仙，会稽人。他的生平，已不可考，宋亡后落拓以终。有《碧山乐府》二卷，又名《花外集》。

张炎字叔夏，号玉田，又号乐笑翁。本西秦人，家临安。生于宋淳祐戊申（公元一二四八年），宋亡后，潜迹不仕，纵游西浙名胜以终，卒年约在元大德间。平生工为长短句，以《春水词》得名，世号为张春水；又因《解连环》词，号张孤雁。词集有《山中白云词》八卷。

我们知道词到了宋末，已经变成"靡靡之音"了，不但北宋风流，渡江已绝，即南渡词人风韵，亦已荡然。论者谓南宋末造，元人鲸吞中国之势已成，节节南侵。当此外侮日亟、国家多难的时候，这些文人学士们乃酣醉于象牙之塔，高唱他们的靡艳的歌词。上下交习于此，元兵已经临到城下了还不知道，国家哪得不亡呢？我则以为先有了这种时代的颓废状态，才从文学上表现出靡靡之音来。我们试读碧山和玉田的词，那正是宋末时代心理的反映了。碧山的词：

思飘飘，拥仙姝独步，明月照苍翘。花候犹迟，庭荫不扫，门掩山意萧条。抱芳恨，佳人分薄，似未许芳魄化春娇。雨湿风悭，雾轻波细，湘梦迢迢。

谁伴碧樽雕俎，唤琼肌皎皎，绿发萧萧。青凤啼空，玉龙舞夜，遥睇河汉光摇。来须赋、疏影淡香，且同倚、枯藓听吹箫。听久余音欲绝，寒透鲛绡[1]。（《一萼红·石屋探梅》）

小窗银烛，轻鬟半拥钗横玉。数声春调清真曲，拂拂朱衣，残影乱红扑。[2]

垂杨学画蛾眉绿，年年芳草迷金谷。如今休把佳期卜，一掬春情，斜月杏花屋。（《醉落魄》）

张玉田的词如《声声慢》（《与王碧山泛舟鉴曲》）

晴光转树，晓气分岚，何人野渡横舟。断柳枯蝉，凉意正满西州。匆匆载花载酒，便无情也自风流。芳昼短，奈不堪深夜秉烛来游。

---

[1] 参见（清）康熙皇帝御定编《御选历代诗余》卷八十五："……庭阴不扫，……谁伴碧尊雕俎，叹琼肌皎皎，绿鬓萧萧。……未须赋、疏香淡影……"

[2] 参见（清）康熙皇帝御定编《御选历代诗余》卷三十四："小窗银烛，轻鬟半拥钗横玉。数声春调清真曲，低拂朱帘，残影乱扑红。"

谁识山中朝暮，向白云一笑，今古无愁。散发吟商，此兴万古悠悠。清狂未应似我，倚高寒，隔水呼鸥。须待月，许多情，都付与秋。①

国家要亡了，还在那儿"匆匆载花载酒，便无情也自风流""芳昼短，奈不堪深夜秉烛来游""向白云一笑，今古无愁"，文人如此，一般的贵族生活者都如此，这自然是亡国的象征了。如其碧山、玉田的词，只是限于这种享乐的表现，也就值不得我们怎样来叙述吧。不幸国家破亡，打破他们的贵族享乐的迷梦，而故宫离黍，锦绣山河，处处给与这些词人的感怀和追恋，借词的形式抒发出来，于是这两位词人才有了他们文学上的新生命。

先讲碧山吧。《碧山词》为世人所称许的，完全是亡国以后的哀音。周介存说："中仙最多故国之感，故着力不多，天分高绝，所谓意能尊体者也。"平常均称碧山以恬淡见长，虽亡国之痛，亦能恬淡地表现出来。其实南宋亡时，碧山已经很老了，以一个志气衰颓了的老人，纵极遭哀痛，亦不能唤起紧张奋激的情绪，只有容忍的消残的哀音。词例：

---

① 参见（清）康熙皇帝御定编《御选历代诗余》卷六十三："晴光转柳……断柳枯蟾……奈不堪秋夜秉烛来游。……此兴万里悠悠。……许多清……"

一襟余恨宫魂断，年年翠阴庭树。乍咽凉柯，还移暗叶，重把离愁深诉。西窗过雨，怪瑶珮流空，玉筝调柱。镜暗妆残，为谁娇鬓尚如许？

铜仙铅泪似洗，叹移盘去远，难贮零露。病翼惊秋，枯形阅世，消得斜阳几度？余音更苦，甚独抱《清商》，顿成凄楚！谩想薰风，柳丝千万缕。（《齐天乐·咏蝉》）

柳下碧粼粼，认郎尘，乍生色嫩如染。清溜满银塘，东风细，参差縠纹初遍。别君南浦，翠眉曾照波痕浅。再来涨绿迷旧处，添却残红几片。

蒲桃过雨新痕，正拍拍轻鸥，翩翩小燕。帘影蘸楼阴，芳流去，应有泪珠千点。沧浪一舸，断魂重唱蘋花怨。采香幽泾鸳鸯睡，谁道湔裙人远。（《南浦·春水》）

周济评《碧山乐府》："碧山胸次恬淡，故黍离麦秀之感，只以唱叹出之，无剑拔弩张习气。"实在碧山正缺的一点剑拔弩张气，所以哀感的表现没有力量。

说到玉田，当南宋覆灭时，玉田正当青年，受亡国的刺激，所作词"往往苍凉激楚，即景抒情，备写其身世盛衰之感，非徒以剪红刻翠为工"也。看他的词：

　　万里孤云，清游渐远，故人何处？寒窗梦里，犹记经引旧时路，连昌约略无多柳。第一是难听夜雨，谩惊回，凄悄相看竹影，拥衾谁语？

　　张绪归何暮，半零落，依依短桥鸥鹭，天涯倦旅，此时心事良苦。只愁重洒西州泪，问杜曲，人家在否？正翠袖天寒，又倚寒梅那树。①（《月下笛·孤游万山有感》）

　　十年前事番疑梦，重逢可怜俱老！水国春空，山城岁晚无语。相见一笑②，荷衣换了，任京洛尘沙，冷凝风帽。见说吟情，近来不到谢池草。

　　欢游曾步翠窈，乱红迷紫曲，芳意今少？舞扇招香，歌桡唤玉，犹忆钱塘苏小。无端暗恼，又几度留连燕昏莺晓。回首妆楼，甚时重去好？（《台城路》庚辰秋九月之北，遇汪菊波因赋此词）

　　楚天空晚，怅离群万里，恍然惊散，自顾影，欲下寒塘。正沙净草枯，水平天远；写不成书，只寄得相思一点。叹因循误了，残

---

① 参见（清）朱彝尊编《词综》："……寒窗里，曾记经行旧时路……凄悄相看烛影……伴冷落……恐翠袖正天寒，犹倚梅花那树。"

② 参见（清）康熙皇帝御定编《御选历代诗余》卷七十七："十年前事翻疑梦……相看一笑"。

毡拥雪，故人心眼。①

谁怜旅愁荏苒，谩长门夜悄②，锦筝弹怨。想伴侣、犹宿芦花，也曾念春前，去程应转。暮雨相呼，怕蓦地玉关重见。未羞他双燕归来，画帘半卷。（《解连环·孤雁》）

其次如《高阳台·西湖春感》："……东风且伴蔷薇住，到蔷薇春已堪怜。更凄然，万绿西泠，一抹荒烟……"更极凄凉婉转之意，不堪卒读了。

玉田作词，专宗白石，而排斥梦窗。但实际上，玉田却并不是白石的衣钵弟子——论到格调上来，玉田与白石不知要相差若干远——他受梦窗的影响，恐怕比受白石的影响还要多些。他作一部《词源》（或名《乐府指迷》误），专讲词的作法，讲求字面、用事、句法、虚字、清空……崇尚雕琢典雅，在作法上转来转去。玉田便是照着他这种作法去作词，故虽粉饰工丽，究不能成为大家。所以周介存批评他说："叔夏所以不及前人处，只在字句上着功夫，不肯换意；若其用意佳者，即字字珠辉玉映，不可指摘。"接着还有更严厉的批评："玉田才本不高，专恃磨砻雕琢，装头作脚，处处妥当，后人翕然宗之。然如《南浦》之赋春水、《疏影》

---

① 参见（清）康熙皇帝御定编《御选历代诗余》卷八十四："楚江空晚……料因循误了……"

② 参见（清）康熙皇帝御定编《御选历代诗余》卷八十四："漫长门夜悄"。

之赋梅花，逐韵凑成，毫无脉络；而户诵不已，真耳食也。”近人
王国维氏有解颐之语：“玉田之词，余取其词中之一语评之曰：
‘玉老田荒。’”

第二十七讲

宋词人补志

王安石　字介甫，临川人（公元一〇二一年至一〇八六年）。他是一个革新派的政治家，在政治史上很值得研究的。他在文学上的造诣，最擅长于诗歌，词非所长，但他的词也有极好的，如《桂枝香·金陵怀古》（引见上篇），东坡叹为野狐精，亦赏识其词。有《临川集词》一卷。

张耒　字文潜，淮阴人（公元一〇五二年至一一一二年），历官起居舍人，后坐党禁，谪黄州，终仕集英殿修撰。有《宛丘集》。耒为苏门四学士之一，无乐府传世，仅见三首词。其《风流子》云："亭皋木叶下，重阳近，又是捣衣秋。奈愁入庾肠，老侵潘鬓，谩篸黄菊，花也应羞。楚天晚，白苹烟尽处，红蓼水边头。芳草有情，夕阳无语；雁横南浦，人倚西楼。玉容知安否？香笺共锦字，两处悠悠。空恨碧云离合，青鸟沉浮。向风前懊恼，芳心一点，寸眉两叶，禁甚寒愁[1]？情到不堪言处，分付东流！"此外文潜只有《少年游》《秋蕊香》二调，其词的量数虽少，而词的地位

————————————

[1]　参见（清）陈梦雷编《古今图书集成》："禁甚闲愁？"

和价值却不在元祐诸词人之下。

葛胜仲　字鲁卿，丹阳人。生于熙宁五年，元符三年中宏词科。官至文华阁侍制，知湖州，卒于绍兴十四年（公元一〇七二年至一一四四年）。有《丹阳词》一卷。与叶梦得酬唱甚多。他的词如："秋晚寒斋，藜床香篆横轻雾。闲愁几许？梦逐芭蕉雨。云外哀鸿，似替幽人语。归不去。乱山无数，斜日荒城鼓。"（《点绛唇》）这是很深刻的描写。他的儿子葛立方，也是有名的词人。

葛立方　字常之，官至吏部侍郎，所著《韵语阳秋》很有名，有《归愚词》一卷。词如《卜算子》："袅袅水芝红，脉脉蒹葭浦。析析西风澹澹烟，几点疏疏雨。草草展怀觞，对此盈盈女。叶叶红衣当酒船，细细流霞举。"《草窗词评》谓用十八叠字，妙手无痕。《四库提要》评立方的词说："其词多平实铺叙，少清新婉转之意。然大致不失宋人风格。"

赵鼎　字元镇，号得全居士，解州闻喜人。累官至尚书左仆射、同中书门下平章事，兼枢密史。有《得全居士词》一卷。《蝶恋花》词："尽日东风吹绿树，向晚轻寒，数点催花雨。年少凄凉天付与，更堪春思萦离绪。临水高楼携酒处，曾寄哀弦，歌断黄金缕。楼下水流何处去？凭栏目送苍烟暮。"可作他的词的代表。黄叔旸评云："赵公中兴名相，词章婉丽，不减《花间》。"

李邴　字汉老，济州任城人。官拜参政事殿学士，卒于泉州。有《云龛草堂词集》。与汪藻、楼钥号为"南宋三词人"，但以李邶为最著。其词《汉宫春》最有名："潇洒江梅，向竹梢疏处，横两三枝。东风也不爱惜，雪压霜欺。无情燕子怕春寒，轻失花期。却是有年年寒雁，归来曾见开时。清浅小溪如练，问玉堂何似？茅舍疏篱。伤心故人去后，冷落新诗。微云淡月，对孤芳分付他谁？空自忆，清香未减，风流不在人知。"这是赋梅花的半阕，不免用典，但总比姜白石的《暗香》《疏影》高明多了。

陈克 字子高，临海人，绍兴中为敕令所删定官，自号赤城居士，侨居金陵。有《天台集》，李庚跋云："子高诗多情致，词尤工。"《菩萨蛮》调词云："绿芜墙绕青苔院，中庭日淡芭蕉卷。蝴蝶上阶飞，风帘自在垂。玉钩双语燕，宝甃扬花转；几处簸钱声，绿窗春梦轻。"子高的词，清丽而不涉纤巧，周介存对于他有很好的批评："子高词不甚有重名，然格韵绝高，昔人谓晏、周之流亚。晏氏父子，俱非其敌；以方美成则又拟于不伦；其温、韦高弟子乎？"（见《论词杂著》）

周必大 字子充，一字洪道，庐陵人（公元一一二六年至一二〇四年），绍兴二十一年中宏词科，历右丞相，卒赠太师。有《近体乐府》一卷，仅十二阕。《点绛唇》词云："秋夜乘槎，客星容到天孙渚。眼波微注，将谓牵牛渡。见了还非，重理霓裳舞。虽无误，几年一遇，莫讶周郎顾。"（《赠歌者小琼》）

杨万里 字廷秀，吉水人，官秘书监。因不肯作《南园记》，忤韩侂胄，不得志。有《诚斋词》一卷。周益公有跋云："……至于状物姿态，写人情意，则铺叙纤悉，曲尽其妙。"例如《好事近》："月未到诚斋，先到万花川谷。不是诚斋无月，隔一庭修竹。如今才是十三夜，月色已如玉；未是秋光奇绝，看十五十六。"《续清言》谓："《诚斋词》，为曲子中缚不住者。"

韩元吉　字无咎，号南涧，许昌人。隆兴间官吏部尚书。有《芭蕉词》一卷。黄花庵云："南涧名家文献，政事文学，为一代冠冕。"他的词的例子，如《霜天晓角》："倚天绝壁，直下江千尺。天际两蛾横黛，愁与恨，几时极？暮潮风正急，酒阑闻塞笛。试问谪仙何处？青山外，远烟碧。"（《题采石娥眉亭》）

曾觌　字纯甫，号海野老农，汴人。其为人毫无足称，与龙大渊朋比为奸，名列《宋史·佞幸传》，为谈艺者所不齿，而才华富艳，实有可观。有《海野词》一卷。其词云："风萧瑟，邯郸古道伤行客；伤行客，繁华一瞬，不堪更忆①。丛台歌舞无消息，金缕玉管空陈迹；空陈迹，连天草树，暮云凝碧。"（《忆秦娥·邯郸道上》）黄叔旸云："纯甫东都故老，故词多感慨，凄然有黍离之感！"

韩玉　字温甫，燕之东浦人。少读书，尚节气，官凤翔府判，被诬死狱中。著有《东浦词》一卷。常与辛弃疾、康与之相酬唱。毛晋谓其虽与康、辛唱和，相去不止苎萝、无盐，这未免过于诋毁了。温甫的词，不免有很俗的，也未尝没有好词，如《减字木兰

---

① 参见（清）康熙皇帝御定编《御选历代诗余》："不堪思忆"。

花》："香檀素手，缓理新词来伴酒。音调凄凉，便是无情也断肠。莫歌杨柳，记得渭城朝雨后。客路茫茫，几度东风春草长。"其余《感皇恩》《贺新凉》都是好词。

侯寘 字彦周，东武人，绍兴中以直学士知建康。有《懒窟词》一卷。词名不甚著，他的词多半是和韵、次韵、再用韵、送钱某人、寿某人的应酬作品。只有几首词是由自己创作的，如《菩萨蛮·湖上即事》："楼前曲浪归桡急，楼中细雨春风湿。终日倚危栏，故人湖上山。高情浑似旧，只枉东阳瘦；薄晚去来休，装成一段愁。"又《风入松》调《西湖戏作》："少年心醉杜韦娘，曾格外疏狂。预约西湖上共幽深①，竹院松庄。愁夜黛眉颦翠，惜归罗帕分香。重来一梦绕湖塘②，空烟水微茫。同心眼底无苏小③，记旧游凝伫凄凉。入扇柳风残酒，点衣花雨残阳④。"这都是风流闲雅的小词，真是在"南宋诸家中，不能不推为作者"（纪昀语）。

王安中 字履道，阳曲人。官中书舍人，授检校太保、大名府尹，后贬象州。其为人反覆炎凉，结纳蔡攸辈，虽不足道，但才华富艳，则不可掩。有《初寮前后集》五十卷，现只存一卷了。他的词如《蝶恋花》："千古铜台今莫问，流水浮云，歌舞西陵近。烟

---

① 参见（清）康熙皇帝御定编《御选历代诗余》："锦笺预约西湖上共幽深"。
② 参见同上："重来一觉梦黄粱"。
③ 参见同上："如今眼底无姚魏"。
④ 参见同上："花雨斜阳"。

柳有情问不尽①，东风约定年年信，天与麟符行乐分，带缓球纹，雅晏催云鬓。翠雾萦纤销篆印，筝声恰度秋鸿阵。"周益公序说"黄、张、秦、晁既殁，系文统，接坠绪，莫出公右。"这虽不能算诚实的批评，安中总算北宋末年一个有为的作者。

王千秋　字锡老，号审斋，东平人（或称金陵人）。有《审斋词》一卷。毛晋说他的词绝少绮艳之态，这不是忠实的话，《审斋词》也有很绮艳的。现在我们举他的一首词作例："老去频惊节物，醒来依旧江山②！清明雨过杏花寒，红紫芳菲何限！春病无人消遣，芳心有酒摧残。此情拍手问栏干，为甚多愁我惯？"（《西江月》）其余《贺新凉》《忆秦娥》《点绛唇》诸词，都是很好的作品，我们不得不承认是南宋一作家，虽然他的词为黄昇《中兴词选》所摒弃了的。

卢祖皋　字申之，又字次夔，号蒲江，永嘉人。嘉定间为军器少监，权直学士院。有《蒲江词》一卷。他的词很纤雅，如《乌夜啼》词云："柳色津头泫绿，桃花渡口啼红。一春又负西湖醉，离恨雨声中。客袂迢迢西塞，余寒剪剪东风。谁家拂水西来燕，惆怅小楼空。"又如《贺新凉》诸调，则系很雄壮的。周介存对于他有一个极适当的批评："蒲江小令，时有佳趣，长篇则枯寂无谓，盖

---

① 参见唐圭璋编《全宋词》："烟柳有情开不尽"。
② 参见同上："乱来依旧江山"。

才少也。"

黄公度 字师宪，号知稼翁，莆田人。绍兴年进士第一，仕至考功员外郎，年四十六。有《知稼翁词》。洪迈评他的词："婉转精丽。"曾丰云："清而不激，和而不流。"试看他的词《青玉案》："邻鸡不管离怀苦，又还是催人去。回首高城音信阻，霜桥、月馆、水村、烟市，总是思君处。裛残别袖燕支雨，谩留得愁千缕。欲倩归鸿分付与，鸿飞不住。倚栏无语，独立长天暮。"

洪咨夔 字舜俞，号平斋，於潜人，官刑部尚书。有《平斋词》四十余阕。毛晋跋以王岐公文多富贵气拟之。纪昀则谓其淋漓激壮，多抑塞磊落之感，颇有似稼轩、龙洲者。其实，咨夔的词也有很清丽的，其《眼儿媚》词云："碧沙荒草渡头村①，绿遍去年痕。游丝下上，流莺来往，无限销魂。绮窗深静人归晚，金鸭水沉温。海棠影下，子规声里，立尽黄昏。"

赵长卿 自号仙源居士，南丰人。宋之宗室。有《惜香乐府》十卷。毛晋谓其"不栖志繁华，独安心风雅，虽未足与南唐二主相伯仲，方之徽宗则迥出云霄矣"。他的词多系很好的白话，尤其是描写爱情的作品极多。举他一首小词作例，如《长相思》："敛愁眉，恨依依，肠断关情怨别离，云中过雁悲。瘦因谁？病因谁？屈指无言忖后期，此时人怎知！"长卿的词，因为过重抒情，未免过

————————

① 参见唐圭璋编《全宋词》："平沙芳草渡头村"。

涉纤艳，如《惜香乐府》卷八的《柳梢青》《玉团儿》诸词。

赵彦端　字德庄，号介庵。宋之宗室。仕至左司郎官。有《介庵词》一卷。尝作《谒金门》词，有"波底斜阳红湿"之句，为高宗所赏识，全词的内容是："休相忆，明夜远如今日。楼外绿烟村幂幂，花飞如许急。柳岸晚来船集，波底斜阳红湿。送尽去云成独立，酒醒愁又入。"这也是很婉约纤秾的词。他又替当时的京口角妓九人作些肉麻的词，可见彦端那时也是一位名士风流的词人。

赵师使　一名师侠，字介之，南宋初时人。有《坦庵词》一卷。毛晋谓其"生于金闺，捷于科第，故其词多富贵气"。举他的一首词作例吧，如《谒金门》："沙畔路，记得旧时行处：蔼蔼疏烟迷远树，野航横不渡。竹里疏花梅吐，照眼一川鸥鹭。家在清江江上住，水流愁不去。"尹觉《坦庵词序》云："其描写体态，虽极精巧，皆本性情之自然也。"《提要》又云："今观其集，萧疏淡远，不肯为剪红刻翠之文，洵词中之高品；但微伤率易，是其所偏。"

沈端节　字约之，吴兴人。曾令芜湖，知衡州，官至朝散大夫。有《克斋词》一卷，不过四十余阕。例如《江城子》："秋声昨夜入梧桐，雨蒙蒙，洒窗风，短杵疏砧，将恨到帘栊。归梦未成心已远，云不断，水无穷。有人应念水之东，鬓如蓬，理妆慵，览镜沉吟，膏沐为谁容？多少相思多少事，都尽在不言中。"毛晋谓"克斋词长于咏物写景，殆梅溪、竹屋之流欤"！

黄昇 字叔旸，号玉林，闽人。早年弃科举，雅意读书，吟咏自适。他曾经选过一册《散花庵词选》。有《散花庵词》一卷。《词选》序其词"亦上逼少游，近摹白石"。例如《卖花声》："秋色满层霄，剪剪寒飙，一襟残照两无聊。数尽归鸦人不见，落木萧萧。往事欲魂消，梦想风标，春江绿涨水平桥。侧帽停鞭沽酒处，柳软莺娇。"

黄机 字幾仲（或云幾叔），东阳人，尝仕于州郡。有《竹斋诗余》一卷。例如《丑奴儿》："绮窗拨断琵琶索，一一相思；一一相思，无限柔情说与谁？银钩欲写回文曲，泪满乌丝；泪满乌丝，薄幸知他知不知？"幾仲的词，虽然没有被选入《草堂集》里面去，他的白话词却是很好的。

洪瑹 字叔玙，自号空同词客，有《空同词》一卷，仅十余首。有人说他的词不减周邦彦。例如《谒金门》："风共雨，摧尽乱红飞絮。百计留春春不住，杜鹃声更苦！细柳官河狭路，几被婵娟相误。空忆堕鞭遗扇处，碧窗眉语度。"（《咏春晚》）

石孝友 字次仲，南昌人，生平遭际不遇，以词得名，有《金谷遗音》一卷。他的小词有极好的，如《卜算子》："折得月中枝，坐惜春光老。及至归来能几时，又踏关山道。满眼秋光好，相见须应早。若趁重阳不到家，只怕黄花笑。"这是很有乐府格调的词，描写爱情能够像真，如《惜奴娇》："我已多情，更撞着多情的你。把一心十分向你尽，他们劣心肠，偏有你。共你撇了人，只为个你。宿世冤家，百忙里，方知你没前程。阿谁似你坏却才名？到于今都因你；是你，我也没星儿恨你！"又如《虞美人》《鹧鸪天》诸词，那样生活跃动的描写，即《山谷词》里面，也难找出来。有人说他的词与竹山词难分伯仲，这是实在的呢。

周紫芝　字少隐，宣城人，官枢密院编修。有《竹坡词》三卷。词例如《清平乐》："烟鬟敛翠，柳下门初闭。门外一川风细细，沙上鸣禽飞起。今霄水畔楼边，风光宛似当年；月到旧时明处，共谁同倚栏干？"紫芝自谓少时酷喜小晏词，他的词实在受晏叔原的影响不小。

蔡伸　字伸道，莆田人，自号友古居士。历官左中大夫。有《友古词》一卷。其《长相思》词："我心坚，你心坚，各自心坚石也穿。谁言相见难？小窗前，月婵娟，玉困花柔并枕眠。今宵人月圆。"毛晋谓："伸才致笔力，与向子諲略相伯仲。"

周密　字公谨，自号草窗，又号弁阳啸翁，又号萧斋。与王碧山、张玉田同时。著述甚多，有词《蘋洲渔笛谱》一卷。《鹧鸪天·咏清明》词："燕子时时度翠帘，柳寒犹未透香棉。落花门巷家家雨，新火楼台处处烟。情默默，恨恹恹，东风吹动画秋千。刺桐开尽莺声老，无奈春风只醉眠。"《四字令·花间》词："眉梢睡黄①，春凝泪妆。玉屏水暖微香，听蜂儿打窗。筝尘半床，绡痕

---

① 参见（宋）周密编《绝妙好词》："眉消睡黄"。

半方。愁心欲诉垂杨，奈飞红正忙。"公瑾词也很受世人称赏。有评云："公瑾敲金戛玉，嚼雪盥花，新妙无与为匹。"

陈允平 字君衡，一字衡仲，号西麓，四明人。他的词有《日湖渔唱》二卷。《一落索》词云："欲寄相思愁苦，倩红流去①泪花。写不断离怀，都化作无情雨。渺渺暮云江树，淡烟横素，六桥飞絮；夕阳西尽，总是春归处。"《唐多令》词："休去采芙蓉，秋江烟水空，带斜阳一片征鸿。欲顿闲愁无顿处，都聚在两眉峰②。心事寄题红，画桥流水东，断肠人无奈秋浓！回首层楼归去懒，早新月挂梧桐。"后人评他的词"西麓和平婉丽，最合世好；但无健举之笔、沉挚之思"。周介存并谓："西麓疲软凡庸，无有是处。书中有馆阁书，西麓殆馆阁词也。"（《论词杂著》）

---

① 参见（宋）周密编《绝妙好词》："倩流红去"。
② 参见同上："都着在两眉峰"。

附　录

词的参考书

（一）总集之部

《宋六十一名家词》（毛晋编）汲古阁本，上海博古斋石印本。

毛晋此编，搜集甚广。但决不能说除这六十一词家以外，宋词便没有名家。有些很有名的词集，如王安石的《半山老人词》、张先的《子野词》、贺铸的《东山寓声》、范成大的《石湖词》、杨万里的《诚斋乐府》、王沂孙的《碧山乐府》、张炎的《玉田词》，这些都没有被毛晋搜入《宋名家词》里面去。原来毛晋此编，是"随得随雕，未尝有所去取"，《四库提要》已经说过了。至于校勘方面，毛晋虽然厘正了旧刻本上面不少的错误，仍然不是精本。

《御定历代诗余》（康熙编定）。

此集搜集，亦甚宏富，共一百二十卷，内有词人姓氏十卷，词话十卷。

《四印斋王氏所刻宋元人词》（王鹏运刻）原刻本。

《彊村刻词》（朱祖谋刻）原刻本。

这是近人编刻最精的两部词总集，搜刻了许多散佚了的名家，搜刻了许多散佚的词，那些被毛晋《宋名家词》遗漏的作家，有许多搜编入《四印斋词》里面去；那些被《宋名家词》《四印斋词》遗佚的词，《彊村刻词》又补编了不少。

（二）专集之部

《南唐二主词笺》（李璟、李煜）《晨风阁丛书》本。

《阳春录》（冯延巳）四印斋本。

《浣花词》（韦庄）《四部丛刊》本。

《乐章集》（柳永），《珠玉词》（晏殊），《小山词》（晏几道），《醉翁琴趣》（欧阳修），《东坡词》（苏轼），《淮海词》（秦观），《片玉词》（周邦彦），《漱玉词》（李清照），《稼轩词》（辛弃疾），《剑南词》（陆游），《白石道人歌曲》（姜夔），《后村别调》（刘克庄），《梅溪词》（史邦卿），《竹山词》（蒋捷），《樵歌》（朱希真），《碧山乐府》（王沂孙），《梦窗四稿》（吴文英），《山中白云词》（张玉田）。

上面那些词人的词集，互见《宋六十一名家词》《王氏四印斋所刻词》《彊村刻词》里面。

《饮水词》（纳兰性德）粤雅堂本，铅印本，有正书局有《饮水词侧帽词合集》。

《樵风乐府》（郑文焯）原刻本。

《忆云词》（项鸿祚）通行本。

《断肠词》（朱淑贞）石印本。

（三）选集之部

《花间集》（赵崇祚）杭州官局本，石印本。

《尊前集》（《彊村丛书》中）。

《唐宋诸贤绝妙词选》（黄昇）《四部丛刊》本。

《乐府雅词》（曾慥）《四部丛刊》本。

《唐五代词选》（冯煦）、《宋六十一家词选》（冯煦）

以上二书见《蒙香室丛书》。

《宋七家词选》（戈载）通行本。

《宋四家词》（周济）湖南官局本，石印本。

《草堂诗余》汲古阁本。

《宋元名家词》湖南局本，包括十五个作家的词。

《中兴以来绝妙词选》（黄昇编）《四部丛刊》本。

《花草粹编》（陈耀文编）明刻本。

《绝妙好词笺》（周密编，查为仁、厉鹗作笺）《四部备要》
本，石印本。

《词选》《续词选》（张惠言、董毅编）通行本。

《词综》（朱彝尊编）原刻本。

《明词综》（朱彝尊编）原刻本。

《国朝词综》（王昶）原刻本。

（四）词话之部

《历代诗话》（何文焕）医学书局刻本。

在《历代诗话》里面有许多零碎的词话。

《苕溪渔隐丛话》（胡仔编）安徽刻本。

《避暑录话》（叶梦得编）坊间刻本。

《能改斋漫录》（吴曾编）坊间刻本。

《容斋五笔》（洪迈编）石印本。

《冷斋夜话》（释惠洪撰）石印本。

《古今词话》，散见《图书集成》及各种词话里面。

《词源》（张玉田编）湖南局本，北大铅印本。

《乐府指迷》（沈伯时）湖南局本。

《词旨》（陆辅之）湖南局本。

《历代词话及词人姓氏》长沙杨氏刻本。

《词苑丛谈》（徐釚编）有正书局本。

《词林纪事》（张宗橚编）石印本。

《词辨》（周保绪）石印本。

《词品》（杨慎），附录在杨氏的全集里面。

《词话》（毛西河）扫叶山房石印本。

《词话丛钞》（王文濡）石印本。

《论词杂著》（周介存）。

《人间词话》（王国维），这是近人的词话。

（五）杂著之部

《图书集成·词曲部》

《四库提要·词曲类》（卷一百九十八至卷二百）

《直斋书录解题·词类》

《知不足斋丛书》（包括词集和词话）。

《碧鸡漫志》（王灼）《知不足斋丛书》本。

《声律通考》（陈澧），《东塾丛书》里面。

《词律》（万树编）石印本。